译文经典

彩画集
兰波散文诗全集
Illuminations
Arthur Rimbaud
〔法〕兰波 著
王道乾 译

上海译文出版社

作者画像(保罗·魏尔伦 作)

译者青年时代画像(熊秉明 作)

ARTHUR RIMBAUD

ILLUMINATIONS
PAINTED PLATES

ÉDITION CRITIQUE

Avec Introduction et Notes

par

H. DE BOUILLANE DE LACOSTE

PARIS

MERCVRE DE FRANCE

XXVI, RVE DE CONDÉ, XXVI

MCMXLIX

一九四九年法兰西水星出版社出版的布伊阿纳·德·拉科斯特评注本《彩画集》的扉页,副题为英文:Painted Plates(彩色版画)。

目 录

译者前言 ····· 001

地狱一季 ····· 001
  序诗 ····· 003
  坏血统 ····· 005
  地狱之夜 ····· 015
  谵妄 I 疯狂的童贞女/下地狱的丈夫 ····· 019
  谵妄 II 言语炼金术 ····· 025
  不可能 ····· 037
  闪光 ····· 040
  清晨 ····· 042
  永别 ····· 043
  《地狱一季》题解 ····· 046

彩画集 ····· 057
  洪水之后 ····· 059
  童年 ····· 071
  故事 ····· 076
  滑稽表演 ····· 078

古意	080
BEING BEAUTEOUS	081
人生	082
出行	084
王权	085
致某一种理	086
沉醉的上午	087
片语	089
工人	092
桥	093
城	094
轮迹	095
城市	096
流落	098
城市	100
守夜	103
神秘	105
黎明	106
花卉	108
通俗小夜曲	109
海	111
冬天的节日	112
焦虑	113
大都会	114
野蛮	116
大拍卖	117
FAIRY	119
战争	120

青春	121
海角	124
演剧	126
历史的黄昏	128
波顿	130
H	131
动荡	132
虔敬之心	134
民主	136
守护神	137
《彩画集》题解	139

片断与残稿 … 149
- 爱的沙漠 … 151
- 《爱的沙漠》题解 … 155
- 福音散文 … 156
- 《福音散文》题解 … 160

"通灵者"书信（二封） … 165
- 兰波致乔治·伊藏巴尔 … 167
- 兰波致保罗·德莫尼 … 171
- 《"通灵者"书信》题解 … 181

附录 … 183
- 评论片断 ………………… [法] 保罗·瓦莱里 185
- 关于《彩画集》 ………… [法] 茨·托多罗夫 187
- 阿尔蒂尔·兰波年表 … 218

我所认识的王道乾（代后记） ………… 熊㶷明 227

译者前言

兰波(Arthur Rimbaud)一八五四年出生于法国近比利时的夏尔维尔(阿登省),父亲弗雷德里克·兰波是军人,常年服役军中,母亲是阿登省武齐埃区一个小农家庭的女儿维塔莉·居伊夫。一八六五年兰波十岁入夏尔维尔市立中学,颖异过人,天赋诗才。一八七〇年在修辞班得教师乔治·伊藏巴尔关注,并建立深厚的友谊,在思想上、文学上受到影响。一八七〇至一八七一年期间,法国处在巴黎公社起义、普法战争动荡中,此时也正是兰波诗作发展时期,其间兰波曾三次离家出走:一八七〇年十月步行去布鲁塞尔,一八七一年二月二十五日去巴黎,四月十九日身无分文再次动身去巴黎,正值巴黎公社街垒战,据说兰波无所投奔,曾与公社战士一同参加战斗,五月离开巴黎返回夏尔维尔。回到夏尔维尔后,他在市图书馆大量阅读社会主义著作（蒲鲁东、巴贝夫、圣西门等）、十八世纪小说，研究秘术、神秘主义学说，还曾起草一份《共产主义政体计划》（不存）。一八七一年五月他曾分别写信给伊藏巴尔和友人德莫尼陈述有关诗的新观念，文学史上称之为"通灵者书信"。一八七一至一八七三年，是兰波与另一位诗人魏尔伦密切交往时期，这种不同于一般的友谊致使魏尔伦家庭不睦，史家说这种关系是一种同性恋。一八七二年七月，两位诗人同去布鲁塞尔，九月去伦敦，兰波十二月返回夏尔维尔。一八七三年二月又去伦敦与魏尔伦相会，四月同回法国，五月又去伦敦，他们在伦敦实际上过着流浪生活，曾得到公社流亡战士的帮助，但两人相处时有争执，七月两人先后回到布鲁塞尔，七月十日因发生争吵，魏尔伦用左轮手枪击伤兰波右手腕，兰波住进布鲁塞尔圣约翰医院治疗，两人因此涉讼，最后兰波撤回起诉，此即所谓布鲁塞尔事件。同年十月兰波在布鲁塞尔一家出版商处自费印成《地狱一季》五百册，这是诗人唯一一本手订的散文诗作品。但兰波仅取走样书六册分赠友人，即弃之不顾（欠款也未付清），几百册《地狱一季》一直堆放在仓库内，到一九〇一年方才被一位藏书家发现。一八七三年后兰波基本上放弃文学生活。一八七四年曾与友人再度前去伦敦。此后直至一八八〇年六七年时间，几乎两手空空频繁只身出走：一八七五年去德国斯图加特，经瑞士越阿尔卑斯山到米兰，后被里窝那法国领事馆遣返马赛；一八七六年去维也纳，被奥地利警方驱逐出境，徒步从德国南方回到法国；后在布鲁塞尔应荷兰外籍军团招募随外籍军团乘船远走爪哇，并进入爪哇内地，后又潜逃乘苏格兰船作为水手返回欧洲在爱尔兰上岸，然后经巴黎转夏尔维尔；一八七七年去德国不来梅，去瑞典斯德哥尔摩、丹麦哥本哈根，又去意大利罗马；一八七八年去汉堡、瑞士等地，去地中海塞浦路斯；一八八〇年再度去塞浦路斯，在一处工地任工头，因待遇不佳，辗转前去亚丁，在一家法国开设的商行任职，同年被派往埃塞俄比亚哈拉尔商行分号任事。他一个人在哈拉尔任事达十年之久。一八九一年二月开始右膝肿痛异常，四月被抬回亚丁，五月抵马赛，住进医院，手术截肢，锯掉右腿；出院回故乡。八月旧病复发，肿瘤扩散，又去马赛医院求治；一八九一年十一月十日不治身亡。享年三十七岁，留下诗篇六十余首，散文诗专集《地狱一季》和《彩画集》两种，以及大量零散诗作、书信等。

兰波从一八七〇年（十六岁）以后直到生命最后一息似乎始终处于一种躁动不安、焦灼求索状态下。作为诗人他的诗作大体到一八七四年即告结束，有如流星从夜空闪过，在他的诗篇中可以突出感到那种力度和震动，奇丽炫目。当诗人舍弃文学远走非洲，他的声名在巴黎正与日俱增。《彩画集》于一八八六年在居斯塔夫·卡恩主编的杂志《时式》（Vogue，五—六月号）上发表，距诗人弃世不过五年，诗人对此却全不与闻。魏尔伦收集兰波散文诗意欲发表时间更要早一些，其间几经周折方将手稿找到，汇集在一起计有三十八首。这三十八首散文诗既无中心主题，也是无序的，发表时排列顺序形式是刊物有关人士确定的。同年又由《时式》出版单行本，编排顺序又有变化。一八九五年瓦尼埃版全集本中《彩画集》增加新找到的手稿五篇。一九四九年法兰西水星出版社出版布伊阿纳·德·拉科斯特评注本《彩画集》，除其中有六篇拉科斯特当时不曾见到的原手稿外，其余各篇均经精心考校订正；直至一九五七年善本书社（Club du meilleur livre）版才将上述六首按发现的手稿作了校订。一九四六年罗朗·德·勒内维尔与于勒·穆凯编定七星丛书全集本《彩画集》收四十四首，其中有一首按残稿仅留下半句（无题）。一九七二年安托万·阿达姆编定七星丛书新全集本《彩画集》收四十二首，编排顺序与一九四六年七星丛书全集版自第三十首以后有变动调整，仅留有半句的一篇抽下，最后一首不列入《彩画集》，与另发现的两篇相关手稿合并为《福音散文》三节。此处译出的《彩画集》即按一九七二年七星丛书全集本组成形式排列①。

《彩画集》写成时间无法确定。按内容和有关资料考察，这四十二篇散文诗写成背景可以肯定与诗人同魏尔伦结交、伦敦之行、布鲁塞尔事件相关。魏尔伦在一八八六年为瓦尼埃版

---

① 本书所选兰波诗作及书信均根据法国伽利玛出版社一九七二年版七星丛书安托万·阿达姆编定《兰波全集》的文本译出。参见附后的《题解》。另外，附后题解亦采取自该书编者阿达姆的注释，应该在此交代一下。

《彩画集》所写序言中指明"写于一八七三年至一八七五年间",可以为据。当今批评界一般只能以魏尔伦拈出的时间为准,即在布鲁塞尔事件之后,一八七三年七月至一八七五年二月。其中《虔敬之心》,有注释家认为与诗人北欧之行有关,又有些诗篇中所写有关异域景物又与诗人一八七六年爪哇之行有关,因此关于写成时间问题至今仍有争议。关于这一组散文诗的总标题 Illuminations,最早提出的见之于魏尔伦书信,据称 Illuminations 是一个英文语词,意思是彩色版画,兰波本人也曾以 Painted plates 两字作为这些诗作的副题。英国研究者对此有不同看法,认为 Illuminations 作为英文并非彩画之意。既然诗人自己对这一词作彩画解,所以一般认为尊重诗人本意为是。兰波本人对自己的诗稿一向不加注意,故《彩画集》各篇得以集中发表几经转折,时间延续近十年之久。有关《彩画集》问题多年来已成为兰波研究中一个旷日持久的学术讨论课题。集中各篇显然不是在一个确定的主题下一气呵成,据说原手稿分别写在不同纸张上,笔迹也不相同,且多有改动,也没有编注页码,最具权威性的意见应属于魏尔伦,但他之所知也并不详确,而且说法前后不一。有研究者将《彩画集》各篇大体分为几类,如《故事》、《王权》、《工人》、《流落》、《黎明》、《波顿》等归于叙事一类;《童年》、《人生》、《守夜》、《青春》,包括对于已不存在于世或新出现的人物如《古意》、《守护神》等属于回忆联想一类;《洪水之后》、

彩画集 | 005

《致某一种理》、《野蛮》、《虔敬之心》等是祈愿、祝颂类；描述类有《轮迹》、《城市》、《花卉》、《海角》、《桥》等；有关节庆一类：《滑稽表演》、《冬天的节日》、《Fairy》、《演剧》等。这种分类虽可供参考，便于理解作品的内容体制，但如类似游戏之作《H》、表现某种沉痛感情的《焦虑》、《大拍卖》等就很难归入上述任何一个方面。兰波为什么到后来放弃写传统形式的诗作转而致力于散文诗，这显然与波德莱尔著名的散文诗发表之后巴黎诗风变化有关，当时写散文诗以及自由诗的作家很多，马拉美即写有许多散文诗作品，已成为传世之作。

《彩画集》长期以来成为批评界聚讼纷纭的课题除上述原因外，还在于诗集本身独特的形式和诡谲难解的含义，这与诗人新的诗学和创造性探索有关。兰波提出：诗人必须成为"通灵者"，"无比崇高的博学的科学家"，"通过长期、广泛和经过推理思考过程，打乱所有的感觉意识"，通过所谓"言语的炼金术"，寻求一种"综合了芳香、音响、色彩，概括一切，可以把思想与思想连结起来，又引出思想"，"使心灵与心灵呼应相通"的语言，以求达到"不可知"。这"不可知"也并非某种形而上的客体，有时又与他诗中所说的未来的"社会之爱"有关，也可能是某种理想（当时正是空想社会主义思潮很盛的时期）。又说，诗人"用词语幻觉解释我各种像中了魔法那样的诡论"，"我终于找到我精神迷乱的神圣性质"，这是他在《地狱一季》中提到的。以上种种，可以说就是兰波的象征主义。附后译出茨维坦·托多罗夫对《彩画集》的分析意见，或许有助于人们了解这些散文诗作品的性质和特点。但是，一百年以来，注释家和研究者多方探索兰波这些诗作，似乎也未能完全证实这些诗作产生的原因，也未能完全穷尽诗中容纳的意义。也许其中呈现出某种模糊性与不可确定性正是这一类诗的现代性之所在，其影响是深远的。还可以补充一句，尽管原作有晦涩难解的情形，但是十九世纪七十年代法国生活那种气氛依然不难感知，对于诗人所处的文化传统包括基督教神学意识，那种沉重精神负担和极为沉痛的呼号，其回响也是可以听到的，兰波说："精神上的搏斗和人与人之间的战斗一样激烈残酷"（《地狱一季》）。阅读这些诗篇似乎有一种桀骜抗世的话语在耳际萦回。

王道乾
1988年2月

地狱一季

序　　诗[①]

过去，如果我记得不错，我的生活曾经是一场盛大饮宴，筵席上所有的心都自行敞开，醇酒涌流无尽。

一天夜里，我把"美"抱来坐在我的膝上。——后来我发现她苦涩惨怛。——我对她又恨恨地辱骂。

我把自己武装起来，反对正义。

我逃走了。女巫，灾难，仇恨，啊，我的珍奇财富都交托给你们！

我把人类全部希望在我思想里活活闷死。像猛兽扑食，我在狂喜中把它狠狠勒死。

我叫来刽子手，我在垂死之间，用牙咬碎他们的枪托。我召来种种灾祸，我在黄沙血水中窒息而死。灾难本来就是我的神祇。我直直躺在污秽泥水之中。在罪恶的空气下再把我吹干。我对疯狂耍出了种种花招。

可是春天却给我带来白痴的可憎的笑声。

[①] 原诗无题，标题是五个星号。全诗写成后，再写此篇，置于全诗之首，作为序诗。

最近我发现我几乎又要弄出最后一次走调①！我只盼找回开启昔日那场盛宴的钥匙，也许在那样的筵席上，我可能找回我的食欲，我的欲望。

仁慈就是这样一把钥匙。——有这样一个灵启，表明过去我确实做过一场美梦！

"你还是做你的豺狼去，以及其他等等……"魔鬼给我戴上如此可爱的罂粟花花冠，这样喊叫。"带着你的贪欲，你的利己主义，带着你所有的大罪，去死。"

啊！我得到的是太多了：——不过，亲爱的撒旦，我请求你，不要怒目相视！稍等一下，卑怯随后就出现，你是喜欢作家缺乏描写才能或没有教育能力的，作为被打下地狱的人，这是我的手记，这几页极为可厌的纸头我撕下来送给你。

---

① 乐器的失音走调。

坏血统

我从我高卢祖先那里得到蓝白相配的眼目,狭窄的颅骨,战斗中的拙劣无能。我发现我穿的衣服和他们一模一样,同样的野蛮。不过我不在头发上涂抹油脂。

高卢人是剥兽皮的人,在他们那个时代,他们是最荒谬最低能的烧草放荒的人。

我从他们那里还继承了偶像崇拜和亵渎神圣的恶癖;——哎呀!我还继承了他们的种种恶习、暴躁易怒、骄奢淫逸,——奢华,多么美妙;——尤其是说谎,还有怠惰。

不论什么行业,我都怕,我不干。师傅和工人,所有的农人,都卑微下贱。拿笔的手比扶犁的手强得多。——怎样一个手的时代啊!——我不会有属于我的手。后来,役使奴仆用得太滥,也太过分。行乞的正直磊落也让我悲痛难堪。罪犯也像阉人那样可憎可厌:我啊,幸好没有受到伤损危害,完好如初,不过,我也无所谓。

但是!是谁把我的舌头弄得这般恶毒这般凶险,竟让它指引并监护我的怠惰以致到了这等地步?要活下去也不愿动一动自己的身体,比癞蛤蟆还要懒散,我到处鬼混,得过且过。欧洲多少家族，我一家也不认识。——我知道的，只有像我家这样的家庭，坚守人权宣言的家庭。——这种家庭生养出来的子弟我都认识，我都深知。

————

如果我个人历史中也含有法兰西历史的某一点，那有多好！

但是，没有，一点也没有。

所以，对于我，很明显，我原本就属于低劣种族。我不可能理解什么是反抗。我所属的种族只知起而掠夺：就像狼只知攫取还没有被它们咬死的牲畜。

法兰西的历史，我还记得，法兰西，教会的长女。我作为贱民，本心也想远行，前往圣土；在我这脑袋里也知道施瓦本平原上有条条大道，拜占庭的风景，索利姆的围城①；在我内心深处，在千百种反宗教的仙山胜境缭绕之间，也有对马利亚的崇拜，对钉在十字架上受难者的深情。——我大麻风长满一身，在烈日照射的墙脚下，我呆坐在破瓦罐和荨麻上。——后来，我成了德国籍雇佣兵老兵油子，在德国的黑夜里踽踽独行，不知投奔何处。

啊！还有：我在林中空地红光闪闪下和老妇幼童在魔巫夜

---

① 施瓦本平原，德国南部符腾堡与巴伐利亚间地区；索利姆，即耶路撒冷。此处所述施瓦本、拜占庭、索利姆，指十字军东征所经途程。

会上狂欢乱舞。

这块土地，还有基督教，我都没有忘记。除此之外也无从回忆。对于这样的过去，我频频回顾，永无止期。不过，永远是孤独一人；没有家；甚至，我讲的是何种语言，我也不知？基督的教示，我从来没有听取；领主的教训，我也不得而知，——领主，就是基督的代表。

在上一个世纪我曾经是怎样的人：我只见到我的今日。漂泊生涯已属过去，暧昧不明的战争也成为往事。低劣种族盖过了一切——正如人们所说，人民出现了，已经有了理性；民族国家和科学出现了。

啊！科学！人们已经无所不知。为了灵魂和肉体，——临终圣体，远行必需付出的代价，——人们又有了医学和哲学，——偏方土药，还有调弄得很好的民间谣曲。还有君王的娱乐消遣，还有他们严禁外传的游戏。还有地理学，宇宙结构学，力学，化学！……

科学，新贵族阶级！这就是进步。世界在前进！世界怎么会不照常运转？

这就是数①的图景意识。我们要走向"圣灵"②。这是确定不疑的，这是神谕，这就是我说的话。我完全理解，不用异教

---

① 即数量、数学的数。
② 圣灵（Esprit），另一意为精神。

言语说话就不能明白解释自己,我宁可沉默无言。

异教的血液又回来了!"圣灵"近在咫尺,为什么基督不来扶助我,给我的灵魂以高贵和自由。"福音"已经一去不返!福音!福音。

我在等待上帝,等得我垂涎三尺。我是永生永世归于劣等种族了。

我现在在阿尔摩里克①海岸。让都城在暗夜里放出光华,灿若白昼。我这样的一天已告完成;我要离开欧洲。海风熏炙我的肺腑;遥远海外的气候把我炙晒成一身棕黑皮肉。在水中游泳,咀嚼药草,猎取野兽,吸烟;饮用多种烈酒,酒之酷烈如同熔化的金属,——就像我可爱的祖先,围着篝火,又是吸烟又是喝酒。

总有一天我还要回来,肢体变成生铁铸成的,皮色黝黑,眼目如狂如怒:人们看看我这副面具就断定我是出自一个强悍的种族。我将拥有黄金:我将是优游自主,而且粗狂野蛮。有许多女人照料看顾这些从热带返回的凶野的残废人。我将参与政治事务。得救了。

现在,我依然是被诅咒的人物,祖国,我怕它,我无法忍受。最好是横身躺在沙滩上醺醺入睡。

---

① 即今法国布列塔尼地区,七世纪以前,称阿尔摩里克。

并没有动身出行。——还是让我们在这里循着这些道路往前走,我的邪恶也随身带上,这邪恶自从进入理性之年就将它痛苦的根须延伸生长在我的胸膈之间——这邪恶正在不断上升,它鞭挞我,把我打翻在地,把我拖来拖去。

最后的纯真,最后的恐惧。这是早已说定了的。不要把我的憎恶和我的背叛也带给世界。

好了,好了!跋涉,重负,沙漠,厌倦,还有愤怒。

我出租给谁?应该崇拜哪个畜生?对准哪个神圣的形象发起攻击?要我撕烂哪些人心?我应该讲什么谎言?——在怎样的血液中开路前进?

还是把正义保住吧。——艰难困苦的生活,还有麻木不仁,——把手擦干,掀起棺盖,坐进去,闷死。这样,没有衰老,没有危险:恐怖不属于法国所有。

——啊!我完全被抛弃了,我完全可以向任何神圣形象奉献我对于完善一心向往的狂情。

啊,我的自我牺牲,我的舍弃,啊,我绝妙的慈心仁爱!毕竟是在人世,毕竟是在这个世界上!

De profundis Domine[①],我蠢极了,蠢极了!

---

① 为亡灵祈祷的拉丁经文首句,引之以示对宗教信念的嘲弄。

当我还是孩子的时候,我就敬慕关在牢中不屈的苦役犯;我曾经遍访他逗留过、已成为圣地的小旅店和出租的陋室;我还按照他的观念去观望蓝色的天宇和田野上扬花的庄稼;我在许多城市都觉察到他的命运。与圣徒相比,他更强大有力,比旅人更富于良知——他,只有他!他是他的荣耀和他的理性的证明。

在路上,在隆冬之夜,没有投宿地,没有寒衣,没有面包,有一个声音把我冻结的心揪得紧紧:"软弱或者强大,这就是你,就是力量。你不知投奔何处,你不知到哪里去,也不知为什么要去,你无往不在,无所不应。反正是死尸一具,你是杀不死的。"在清晨,我张开眼看,茫然无所见,有形而无质,以致路上遇到我的人看见我也无所见。

在城里,我突然看到污泥秽土都呈红黑二色,就像邻室灯光晃动下的一面明镜,林中深藏的珍奇!我惊叫:是幸运,是机遇,我看到满天浓烟火焰弥漫;于是,左右前后,所有财富珍奇如同一场大火那样燃烧,如同数不清的雷电喷涌迸发奇光四散。

但是,狂欢纵饮,与女人交好,对我是禁止的。我一个同伴也没有。我看到我前面站着的是激怒的人群,行刑队也站在我的面前,因为我为他们所不理解的灾祸痛哭,而且我还要宽恕!——像贞德那样!——"教士呵,教师呵,律师呵,你们押我去审判,你们错了。我本来不属于这类人;我从来不是基督徒；我属于肉刑鞭挞下引吭高歌的那个族类；我不知道法律；我没有道德意识，我是一个粗胚，一个蛮人：你们搞错了……"

是的，在你们的光照下，我只能闭上眼睛不看。我是一匹兽，我是黑奴①。但是我可能得救。你们是假黑人，你们这些狂人、暴徒、贪鄙的吝啬鬼。商人，你是黑人；法官，你是黑人；将军，你是黑人；帝王，你这个老鬼，你这个发痒症者，你是黑人：你喝免税的甜烧酒，撒旦搞出来的货色。——这类人生活在热病和癌肿的控制下。衰竭和衰老的人因此受到尊敬，他们期求把自身煮沸消毒。——最大的坏蛋应该离开本大陆，这个大陆，疯狂正在不怀好意地到处游荡，俘虏穷人当作人质。我已进入含②的子孙后代的真正王国。

大自然，我还认识自然吗？我还认识我自己吗？——不用说了。我把死去的人全埋葬在我的肚子里了。喊吧，叫吧，打起鼓来，跳呀，舞呀，跳舞，跳舞呀！白人上岸，我就堕入虚无，连这样的时刻我也看不到了。

---

① 兰波一八七三年五月在一封信中称他正在写"散文体的小故事"，题作《异教之书》(Livre païen)或《黑人之书》(Livre nègre)，一般认为此即《地狱一季》最初的题目。此处译为黑奴以与下文"黑人"（假黑人）有所区别。一八九〇年二月二十五日兰波一封信中说到"所谓文明国家的白种黑人"，即此处所说商人、法官、将军、帝王之类。
② 含是挪亚的三个儿子之一。大洪水后，挪亚种植葡萄园，"他喝了园中的酒便醉了，在帐棚里赤着身子。迦南的父亲含，看见他父亲赤身，就到外边告诉他两个弟兄……"因此迦南受到咒诅，被咒为人奴。见《圣经·旧约·创世记》第九章。

饥饿，焦渴，呼叫，跳舞，跳舞，跳舞，跳舞！

───────

白人登陆。火炮轰鸣！必须匍伏下来屈服，接受洗礼，穿上衣服，辛苦劳动。

我的心，受到致命的一击。啊！这我事先可没有料到！

我没有做过任何坏事。今后的日子将会过得轻松，悔恨之苦在我可以免除。我几乎已经死去的灵魂今后不会再受到什么煎熬痛苦，死去的灵魂已泛出肃穆的光辉，像丧仪上燃起的白烛。一个家族长子的命运，就是一具由晶莹泪水过早封盖的棺木。邪行放荡是愚蠢的，邪恶也是愚蠢的；污秽劣迹应该抛开。但是，时钟不会永不敲响，除非纯洁的痛苦时刻来临！我一定像一个幼童那样，被抚养成人，以便忘却一切苦难在乐园中嬉戏。

快，快！有别样的生命吗？——在丰足富有中睡眠是不可能的事。财富永远属于公众。只有神的那种爱才赐予开启科学的钥匙。我看自然是善的盛大展示。幻念，理想，谬误，永别了。

天使的理性的歌唱从救世之船升起：这就是神的那种爱。——双重的爱！我能够死于尘世的爱，死于献身。那些人，那些灵魂，我已经舍弃了，因为我之远离，他们的痛苦只会有增无减！你们从许多遇难沉沦的人中选出我；留下的人，他们是不是我的朋友伙伴？

也救救他们!

理性已经在我身上产生。世界是好的。我要赞美生活,我要祝福生命。我要爱我的兄弟。这不是童年的期许,也不是借此希望逃避衰老和死亡。上帝给了我力量,我赞美上帝,赞颂上帝。

———

厌倦不再是我钟爱之所在。激怒,恶行,疯狂,它们的种种冲动和祸害,我都清楚,——我所有的沉重负担都可以解除。请珍视我的天真无辜,这种天真开阔明朗,不会让你感到晕眩不能自持。

我大概不会要求自我鞭挞以激励自己。让耶稣基督充作岳父大人,和他一同乘船前去举行婚礼,我相信我不会做出这种事。

我不是我的理性的囚徒。我说过:上帝。我只求在得救之中保持自由:如何求得自由?轻浮无聊的恶癖我已经放弃。无需什么献身,更不需要神圣的爱。过去那个心灵明慧的时代我并不惋惜。人各有自己的理性,各有各自的鄙视,也有自己的仁慈:我在天使良知的最高一级保留有我的席位。

至于现已建立的福祉,不论是驯顺如奴隶与否……不,不,我都无能为力。我太放纵自己,心早已分散,太软弱了。生活因为辛勤劳作正像繁花怒放那样繁荣,这是由来已久的真理:我么,我的生活负担也不太重,我的生活飘飘摇摇,浮荡在行动的上方,这是这个世界上一个小小的可珍视的位置,一个点。

我因为缺乏热爱死亡的勇气,已经成了老处女!

祈祷,愿上帝赐予上界天使般的安宁——像古代的圣徒那样。——圣徒!强人!隐修士,古代的艺匠,已经不合时宜了。

无休止的闹剧!我的天真只能让我悲哭,生存是人人都必须扮演的滑稽戏。

———

够了,够了!这就是惩罚。——前进!

啊!胸口有火在燃烧,时间在咆哮!正因为有这样一轮太阳,我眼中却是黑夜茫茫!心……四肢五体……

到哪里去?去战斗?我是弱者!别的人正在前进。工具,武器……时间!……

开火吧!对准我开枪!打吧!我投降。——懦夫!——杀死我吧!让我匍伏在奔马的铁蹄之前!

啊!……

——我会习惯的,我可以适应。

也许这就是法国的生活,通往荣誉的小径!

地狱之夜

我吞下一大口毒药。——给我这么一个好主意,真该三倍地祝福!——五脏六腑烈火燃烧。毒性猛烈,我的四肢五体痉挛抽搐,我扭曲变形,倒翻在地。我渴死,我窒息,透不出气,叫也叫不出。这就是地狱,永恒的惩罚!你看,火焰往上窜!把我烧个够。衮开,魔鬼!

皈依良善和幸福,得救之路,我已经隐约看到。即便我能说出看到的景象,地狱也容不得赞美诗!有难以数计美好动人的创造物,有芬芳灵智的乐曲,力量与和平,高尚的壮志雄心,我知道?

高尚的雄心壮志!

依旧是那样的生活!——罚入地狱莫不是永生永世!——人欲自毁自伤,必下地狱,是不是?我信我已落下地狱,所以,我就在地狱。这就是亲身践行教理。受洗即卖身,我自是我受洗礼的奴隶。父母呵,你们做成我的不幸,也做成你们自己的不幸。可怜的无辜人!——地狱伤不到异教之人。——照样还是生活!往后,下地狱的快乐将更是深不可测。按照人世的律法,一次犯罪,我立即就被打入虚无。

你不要说，不要说了！……在这里，责难就是耻辱：撒旦说火是愚蠢的，我的愤怒也愚不可及。——教唆我去犯错误，施魔法，假香料，幼稚的无聊的音乐。够了，够了！……——说我握有真理，说我看到了正义：我有健全、明确的判断力，说我已臻于完美……那是傲慢。——我的头皮在干裂。主啊，怜悯吧！我怕，我怕。我只觉焦渴，渴死了！啊！童年，绿草地，喜雨，岩石上的碧水蓝湖，钟楼敲响午夜十二时的月光①……在这样时刻，魔鬼他正躲在钟楼上。马利亚！圣母！……——我这种愚蠢，可怕至极。

在那里的难道不都是正直的灵魂？不都是对我怀有善意？……来吧……我拿枕头堵住我的嘴，他们听不到我说话，他们是游魂。此后，谁也不需想到他人。谁也不要接近。我闻到焦臭味，肯定是焦臭味②。

幻影重重，无穷无尽。我所见到的永远都是如此：历史不可信，原则全忘记。我将来也不说：诗人和看到异象的人会嫉恨在心。我是千倍地富有，我们须像海洋那样悭吝。

啊！生命之钟刚刚停下。我在这世上已不复存在。——神学决不苟且，地狱肯定在地下——苍天在上。——出神坐忘，噩梦，火巢中的沉睡。

---

① 有研究者认为这一句与魏尔伦《平行集》中一首题作《月》的十行诗中一句相同。其间关系无法确证。
② 宗教裁判所用火烧死持异端者。闻到焦臭气息，即表示有异端在。

在关注农耕操持之间，有多少恶念，多少狡狯……撒旦，费尔迪南①，带着野草种子到处乱跑……耶稣从紫红色荆棘丛中走过，也没有压折荆棘……耶稣还曾在激荡的水面上行走。那盏灯照着他，他伫立在那里，身穿白衫，镶有棕色饰带，腰际有一条翠绿色水痕②……

我要揭开所有的秘密：宗教的神秘，或自然中的神奇，生，死，过去，未来，宇宙肇始，混沌空无。我是施展魔幻奇景的法师。

请听！……

各种才能我都不缺少！——这里空无一人，可是毕竟有着那么一个人：我决不愿把我的财富珍奇分散施予。——谁想听取黑人之歌，看女仙之舞？谁想要我消隐无踪，下水寻找一枚指环③？要不要？我能变出黄金，引来起死回生的药石。

你们要信我，信仰可以减轻痛苦，指引道路，拯救灾殃。来来，你们都来，——小孩也来，——我给你们安慰。我把心分给你们，——奇妙美好的心！——可怜的人，苦工们！我不要求祈祷；只要你们一心信任，我就自觉万幸。

——想一想我。好让我对人世不要过于感到惋惜。不再痛

---

① 据说在兰波故乡一带，称魔鬼为费尔迪南。
② 《圣经·新约·约翰福音》对耶稣有类似的记述。
③ 有注释家说这是指潜入水中寻出指环那种熟知的游戏；又有人说指日耳曼神话尼勃龙根事。

苦就是我的吉运。可惜我这一生仅仅是几次小小的癫狂,可惜。

啊!有什么怪相想得出就全摆到脸上来。

千真万确,我们这是在世界之外。渺无人声。我的触觉已经消失。啊!我的城堡,我的萨克森①,我的柳林。黄昏,清晨,黑夜,白昼……我只觉得厌倦。

我应该让我的地狱化为愤怒,化为骄傲,——以及亲昵爱抚的地狱;一首地狱协奏曲。

我因为厌倦而死去。这就是坟墓,我将委身于蛆虫,恐怖中的恐怖!撒旦,你这爱调笑的滑稽演员,你想施展你蛊惑人的魅力把我分解灭绝。我抗议。我抗议!长柄叉一叉,再加上一把火。

啊!再起来,死而复生!看看我们如何变形,变得丑恶。还有这毒药,该诅咒的一千次的吻!我的软弱,人世的严酷!我的上帝,怜悯吧,请把我隐藏起来,我支持不住了!——我被隐匿藏起,所以我就不是那个我。

是火焰,火焰卷着罪人升腾而起。

---

① 萨克森在德国东部地区,旧省;今包括莱比锡区、德累斯顿区和卡尔-马克思城区。城堡、萨克森、柳林,传说故事中的美丽景物。

谵妄 I

疯狂的童贞女

下地狱的丈夫

请听地狱中一个同伴的告解：

"噢，上界的丈夫，我的主，不要拒绝你最悲惨的女奴忏悔告白。我是毁了。我醉得昏天黑地。我是不洁的。怎样的生活啊！

"主在上，饶恕我，饶恕我！啊！饶恕！流了多少眼泪！今后眼泪还要流，我希望流不到头！

"天上的丈夫，以后，我会认识你，了解你！我生来注定屈从于'他'。——别人现在尽可把我狠打！

"当前，我是在人世的最底层！我的那些女伴啊！……不，不，不是我同伴……从来不曾这么晕眩，这么痛苦，从来不曾有过……这是多么愚蠢！

"啊！苦啊，我哭，我叫。我痛苦至极。反正拿我怎么都行，反正我这人最可鄙的心都要蔑视。

"让我们把真心话说出来,哪怕重复二十遍也不怕,——反正是一样,反正都是又悲又惨又琐碎!

"我是那个下地狱的丈夫的奴隶,他就是那个失去几个发疯的童贞女的那个男人。就是那个魔鬼。不是鬼,不是鬼魂。是我,是我不慎失德,死在人世,罚下地狱,——杀死我也不可能!——怎么给你细说!甚至说也说不清。我服丧戴孝,我哭了又哭,我害怕。主啊,要是愿意,赏我一点新鲜空气,垂顾于我!

"我是寡妇……——我早就成了寡妇……——不错,我从前很严肃很规矩,我出生不是为了成为髑髅白骨!……——他那个时候几乎是一个孩子……他种种神秘的温柔体贴诱惑我。顺从他,我就把我为人的责任忘在脑后。这是什么生活啊!真正的人生根本没有。我们也没有真正活在人世。他去哪里,我就跟去,理当如此。他常常对我发怒生气,我啊,可怜的灵魂。魔鬼!——是一个魔鬼,你知道,那不是一个人。

"他说:'我不爱女人。爱情还有待于发明,你知道。女人什么也不行,只想有一个可靠的地位。地位一有,心和美就抛开不顾:当今,只剩下冰冷的蔑视,婚姻的养料。要不然,我看到有些女人,带着幸福的标志,我么,我也可以和她们结成伙伴,上来就让多情敏感的蛮人生吞活剥就像一堆干柴……'

"我听他把无耻当作光荣,把残忍当作妍美。'我是来自远方的种族；我的祖先生在斯堪的纳维亚；他们在胸胁两旁穿刺喝自己的血。——我在我身上划上一道道伤口，我给我绣上纹身，我愿变得像蒙古人那样丑怪：你看，我到街上去尖声号叫。我要变得癫狂，我要发疯。不要拿珍珠宝石给我看，我只趴在地毯上，扭成九曲三折。我的财富珍宝，我要拿血把它染得鲜血淋漓。我决不做工劳动……'他那个魔鬼把我缠了好几夜，我们滚在地上，我跟他撕打扭斗！——在夜里，他常常是喝得酩酊大醉，站在街上，或者是在房里，把我吓得要死。'有人真把我脖子割断；那可多么可厌。'噢！处在这样的日子，他只想带着犯罪的神色向前走出！

"有时，他用讲隐语软绵绵的语调，讲述那叫人深自悔恨的不幸的人的死，不幸的人确实有，艰辛的劳作，撕裂人心的诀别，确实有。在下流小酒馆我们都喝得醺醺欲醉，他看我们周围那些人就是受苦受难的牲畜，他也痛哭流涕。在那不见天日的陋巷，他扶起倒下的醉汉。他有一个如母亲对待自己幼儿那样的悲悯。——他怀着少女前去领受教理那种殷勤美好情意竟自远去。——他装作对人世一切都已经了悟，什么商业，艺术，医学。——当然，我一定跟着他去！

"在精神上，他在他四周装点起来的一切，我看得清清楚楚；衣装，床褥，家具摆设；我给他提供一些纹章徽志，那是另一种面目。与他有关的一切，我看那是他有意为自己创造出来炫示。当我看到他精神萎靡无力，我，我还是跟他进入种种

彩画集 | 021

奇异、复杂的行动之中，是好是坏，远远地看：我可以肯定，他的世界我从来不曾进入。有多少次黑夜，经过多少时间，我守候在他那可爱的酣睡的身体旁边，我总想弄清他为什么要避开现实。男人从不曾有像这样的意愿。我认识到，——对于他那是无所惧的，——他可能是社会中一大危险。莫非他手中掌握了改变生活的秘密？不，他不过是在寻求探索，我经常对自己这么辩解。一句话，他的仁慈是有魔力的，我成了他的仁慈的俘虏。任何灵魂都不会有力量，——绝望的力量！——来承受这种力量，——受到他的保护和他的爱。再说，我也容不得他和另一灵魂同在我面前呈现：人只看见自己的天使，不得见他人的天使，——我相信是这样。我显现在他的灵魂之中，就像在一座出空的不容见有不如你高贵的人出现的宫殿一样，就是这样。啊，一切都指望于他，少不得他。但是我这暗淡懦弱的存在，他又意欲怎样？他如果不让我死，他也没有让我更好！我是又悲又恼，有时我对他说：'我知道你。'他耸耸肩理也不理。

"就是这样，我的苦恼有增无减，我看我在迷途上越走越远，——如不是受到惩罚人人把我忘记，他们也愿拉住我不让我堕落！——我却更加急切渴求他的善意。他的亲切的吻和拥抱，就像是上天，阴暗的天堂，我走进这阴森的天界，我宁愿被抛在这里，可怜无告，又聋又哑，瞎了眼看不见。那对于我早已成了习惯。我看我们很像两个好孩子，在这可悲可虑的天堂，也算是自由自在。我们曾经是融洽一致。我们都很动心，我们一起劳作，共同生息。但是，一次深切动心的爱抚之后，他说：'这里没有我，你也过得去，你看这多有趣。你的颈下不需要我手臂去搂抱，你用不着靠在我供你休憩的心上，也不需这嘴去吻你的眉眼。因为我要走，总有一天我要远离。因为我应该去帮助别人：是我的责任。尽管说不上有趣……，亲爱的灵魂……'他要走，立时我只觉天旋地转，跌迸最可怕的黑暗：死。我要他许诺不要和我分离。情人的许诺，他亘复了二十次。他的诺言如同我对他说'我了解你'一样无谓，同是空话。

"啊！我从来不曾妒嫉他。我相信，他不会离开我。后来怎样？他没有知识，他没有工作。他只想像梦游人那样活下去。难道只有他的善良和仁慈赋予他生存在现实世界的权利？有时，我忘记我深陷悲悯的心境：他让我变得坚强，我们一同外出旅行，到沙漠中去行猎，一同睡倒在未见过的城市的石板路上，无所牵挂，无忧无虑。有一天我一觉醒来，法律风俗全变，——全凭他的魔力，——世界依然如故，照旧让我们随心所欲，有我的欢乐，任我闲散任意。噢！我受过多少苦，你把儿童书上才有的生活也分给我当作补偿？他不能。我不知道他的理想是什么。他告诉我，他有悔恨，已有希望：当然与我完全无关。他也向上帝倾诉？也许是我应该投向上帝。我被贬在深渊最底层，我再也不知应该怎样去祈祷。

彩画集 | 023

"如果他向我倾诉他心中的悲哀,比我听他的嘲笑,我更可以理会?他打我,他把世上凡涉及我的用来狠狠折磨我,让我羞愧难当,一说就是几小时,我要是哭,他就怒气咻咻万分恼怒。

"'你看看这个漂亮的青年人,走进一处美丽安静的住宅:他叫杜瓦尔,迪富尔,阿尔芒,莫里斯,叫什么,谁知道?有一个女人,忠心热爱这个坏蛋、白痴:她死了,现在她肯定上升天界已经成了圣女。你就仿效他害死那个女人,把我也害死。这是我们的命运,仁慈的心……'唉,唉!所有活动着的人在他看来就像那疯狂手中捉弄的玩物,他有时也是这样:他长时间狂笑不止,非常可怕。——后来他又恢复年轻母亲、可爱的姐姐那样的情怀举止。他不是那样凶恶,可能我们早已得救!他的温情同样是致命的。我只有俯首听命。——啊!我是疯了!

"也许,有那么一天,他不可思议地从这里消失;如果他也飞升上天,登上某一处天界,那就该让我也知,让我亲眼看看我心爱的人得道升天!"

真是一对有趣的夫妻!

谵妄 Ⅱ

言语①炼金术

与我有关。我的种种疯狂中一种疯狂的故事。

很久以来,我自诩主宰了一切可能存在的风景,我认为绘画和现代诗如此驰名原也十分无谓。

我喜爱愚拙的绘画,挂帘,装饰品,街头卖艺人的小布景,招牌,民间彩绘;我喜欢过时的旧文学,教会的拉丁文,不带拼写文字的色情书,描写我们老祖宗的小说书,童话 儿童看的小书,古老的歌剧,无谓的小曲,朴素的诗词。

我总是在做梦,梦到十字军远征,不涉及他人的冒险旅行,梦到那没有历史的共和国,被镇压下去的宗教战争,风俗大变革,种族大迁徙,大陆移位:对这一切美妙神奇,我都信而不疑。

我发明了母音的色彩!——A 黑,E 白,I 红,O 蓝,U

---

① 言语(Verbe),古义为言、语言,基督教神学称之为"圣言",甚至说言先于世界即有(《圣经·新约·约翰福音》第一句:"太初有道")。本篇所述,有关一种新的诗学观念。参阅后附兰波致伊藏巴尔、德莫尼两封书信。

绿①。——我规定了每一个子音的形式和变化,不是吹嘘,我认为我利用本能的节奏还发明了一整套诗的语言,这种诗的语言迟早有一天可直接诉诸感官意识。至于如何表达,我还有所保留。

首先,这是一种学习。我写出了静寂无声,写出了黑夜,不可表达的我已经作出记录。对于晕眩惑乱我也给以固定。

————

> 远离了飞鸟,畜群,村女,
> 榛林围着一片石楠丛沃土,
> 午后柔绿的薄雾中我屈膝俯身,
> 有什么可以供我掬饮?
>
> 在青青的瓦兹河我喝到了什么,
> ——无声的小榆树,无花的草地,荫蔽的天空!——
> 我离开亲切的茅屋举起黄葫芦瓢畅饮?
> 是黄金水喝得人热汗涔涔。
>
> 我打制一块古怪的旅店招牌。
> ——一阵风暴从天空隆隆驰过。

---

① 兰波有著名的十四行诗《母音》(1871)。

黄昏,林中溪水消失在纯洁的沙地上,
上帝之风向着池水吹拂冰雹;

我哭,我看见黄金——竟不能一饮。——

————

夏日清晨四点钟,
爱情的酣眠还在延续。
在绿绿的树荫下
  欢乐之夜的气息渐渐消失。

木匠在远处工场里,
在埃斯佩里德①阳光下,
衣袖卷起,
  已经在走动。

在布满青苔的静谧的沙漠里,
他们在打制精美的护壁板,
  护壁板上

---

① 埃斯佩里德(一译赫斯珀里得斯),希腊神话中金苹果生长之地。

  城市将漆饰假的天顶。

噢,给这些可爱的工人,
巴比伦国王的臣民,
给他们的灵魂都戴上王冠,
  爱神!暂先把情人放开。

  牧羊人的女王
给工人送来烈酒,
愿他们的力量得到宁息,
且待到正午到海里去海浴。

———

  诗中的旧辞古意,在我的言语炼金术中占有重要地位。
  我已经习惯于单纯的幻觉:那分明是一座工厂,我在那里却看到一座清真寺,天使组成的击鼓队,天宇路上驰行的四轮马车,沉没在湖底深处的厅堂;还有妖鬼魔怪,还有种种神秘;一出歌舞剧的标题在我眼前展示出种种令人惊骇的景象。
  我用词语幻觉解释我各种像中了魔法那样的诡论!
  最后,我终于找到我精神迷乱的神圣性质。我在沉重的热病控制下变得闲散空放：我羡慕动物的至福——尺蠖，再现了灵薄狱^①的无邪，鼹鼠，是童贞的睡眠！

我的性格变得乖戾激奋。让我借用某类抒情曲，向人世告别：

高塔之歌

最可珍爱的时间，
快来，快快到来。

我忍耐，这样有耐性，
把一切都已忘怀。
恐怖焦虑，还有痛苦，
一总都送它上天。
不洁的病态的焦渴
使我的血脉发黑变色。

最可珍爱的时间，
快来，快快到来。

---

① 灵薄狱（limbes）：处在地狱边缘，未受洗礼的儿童死去，灵魂即到灵薄狱，等待上升天界。

一片芳草地
弃之于遗忘，
在肮脏的飞虫
嗡嗡闹声中，
生长又开花
莠草发出芳香。

最可珍爱的时间，
快来，快快到来。

我喜爱沙漠，烧毁的果园，破落的店铺，泛味的酒。我步履艰难徜徉在恶秽发臭的小巷，我双目紧闭，在火之神太阳下曝晒。

"将军①，如果你在毁圮的城堞上还留有一尊旧炮，就请用干土块轰击我们。对准华丽的商店大玻璃窗轰击！往沙龙内部轰击！让全城吞咽灰尘。让排水管都氧化生锈。让闺房都充满灼灼如焚的红宝石粉末……"

蠓虫小蝇在小旅店的便池上飞舞，小飞虫最喜欢琉璃苣②，快射出一道白光把飞虫驱散！

---

① 指火之神太阳。
② 琉璃苣，据说中世纪以之为医治肺病的良药。

饥 饿

我若是有胃口,
只想吃泥土和石头。
午餐我一直在吃
空气,煤铁,岩石。

我饿得头昏目眩。饥饿,
声响的牧场,平息,平息。
去吮吸那旋花植物
令人心花怒放的毒汁。

吞吃那敲碎了的石块,
教堂的古老的方石;
昔日洪水遗下的卵石,
抛在灰色山谷里的面包。

———

狼在绿叶丛下嗥叫,
吐出它饱餐家禽的
五色缤纷的彩羽:

和狼一样我也在空自消耗。

青青蔬菜和果实
等待着去摘采；
篱边的大蜘蛛
只知吞食紫堇花。

让我睡去！在所罗门
祭坛前把我加火烹煮。
汤汁在铁锈上流溢
和塞德隆①混成一处。

总之，啊，幸福，啊，理性，都好，很好，我要把蓝天从天空划分出来，蓝天也是青黑的，可是我却活着，自然之光里面也有金光闪烁。我采用滑稽又迷狂的表现手法，从欢乐引向可能：

找到了！
什么？永恒。

---

① 在耶路撒冷城下流过的河流。据《圣经》记载，最后审判的号角将在塞德隆河谷吹响。

那是溶有
太阳的大海。

我不朽的灵魂,
察看你的意愿,
纵然只有黑夜,
白昼也如火炽。

所以你摒弃
人类的赞许,
共同的奋起!
你任自飞去……

——从来没有希望,
也没有 orietur①。
科学和坚忍,
苦刑是一准。

没有明天,
炭火如锦缎,

---

① 拉丁文:(太阳)东升,新生,指引。

你的忠忱
是你的义务。

已经找到!
——什么?——永恒。
那是溶有
太阳的大海。

———

  我变成了一幕神奇壮美的大歌剧:我看一切存在的人都注定有福:行动不是生活,是败坏力量的一种方式,一种神经混乱。道德是脑髓的缺陷。

  一个存在着的人,我认为应该给予他多种其他的生活。这位先生所作所为如此,他并不自知:他可以算是一位天使。这类家庭其实是一窝狗。我要在大庭广众之中高声说话,我偏要选取他们的其他生活中的一个方面,放声谈论,公开说出来。——所以,我竟爱上了一头猪。

  这决不是出于怪癖的诡辩,也不是狂妄的诡论,——这种疯狂人们已经严加约束,这种疯狂我倒还没有忘记:我可以把那种胡言乱语、种种诡辩从头至尾复述一遍,那个体系我已经了若指掌。

  我的健康受到威胁,遇到了危险。恐怖时代已经到来。我一睡就沉睡多日，起来以后，许多最悲惨的梦境依然在继续。我已经成熟到可以死去，我的软弱、缺陷沿着一条危险的道路把我引向世界和黑影与旋风的国土西梅里①的交界处。

我大概还有一段路程要跋涉，我需要把聚集在我头脑中的魔狂驱散。我爱那大海，仿佛它可以把我一身污秽洗净，我看见给人带来慰藉的十字架从海上升起。我是被天上的彩虹②罚下地狱的。"福祉"毕竟是我的命运，我的悔恨，我的蛆虫：我的生命是那么广阔，不会永远献身于力和美。

福祉！它的利齿，对死来说是温柔的，在最阴暗的城市，雄鸡报晓的时候，——ad matutinum, au Christus venit③，——向我告知：

季节啊季节，古堡啊古堡！
哪有灵魂纯洁无瑕？

幸福无人可回避，
我已作出神奇的设计。

向它致敬，致敬，致敬，

---

① 西梅里(Cimmérie)：冥界。
② 彩虹(arc-en-ciel)：在《圣经》中是上帝与下界立约的象征。
③ 拉丁文，意为"去晨祷，基督来临"。

高卢雄鸡高唱黎明。

啊!我还有什么企求:
自有幸福承担我的生命。

这种幻美夺去人的灵魂
和肉身,又耗散了精力。

　　季节啊季节,古堡啊古堡!

可叹可叹,它匆匆逝去,
死亡的时刻跟着来临!

　　季节啊季节,古堡啊古堡!

———

这一切都过去了,完了。今天,我知道我要向美致敬。

不可能

啊!我童年经历的这种生活,以任何时代看都是一条广阔大道,超出于自然的质朴,比最好的乞丐更无私,为没有故乡、没有朋友而自负,这是何等愚蠢。——可是,惟独我有这种见识!

——这班好人对他们我有理由蔑视,一次爱抚的机会他们也决不放弃,这帮寄生在我们的女人清纯和健康上的寄生虫,而今天,女人与我们又是如此不一致。

我的全部蔑视都有根据:既然我已经远远避去!

我避开,我逃走!

我作出解释。

昨天我还祈求上天:"上天!在人世我们遭罪受惩不少!我打进他们的队伍为时已久!这些人我无一不识。我们彼此也一向深知;我们相互憎厌。仁慈与我们全不相干。但我们圆滑知礼;我们同人世的关系非常适应合礼。"这奇怪吗?人世!商人,头脑简单的人!——我们可不是丧尽廉耻的人,——但是,上帝的选民,他们又怎样接待我们?有不好惹的人,有心性快活的人,有冒牌选民,我们必须拿出胆力或卑躬屈膝才能

彩画集 | 037

与他们接近。他们是独一无二的选民。可不是好奉承的人。

只需付出两个铜板的理性——快得很！——我发现我苦恼原来是我没有尽早看出我们原本是西方人。西方的沼泽地！我不信光明败坏，形式陈旧，行动错乱……好！我精神绝对希求承担东方衰落以来精神已经承受的全部无比残酷的发展……我的精神，有这样的企求！

……我只值两枚铜钱的理性已经用尽！——精神就是权力，它要求我留在西方。取得预期的结论，就必须让精神沉默。

殉道者的荣耀，艺术的光辉，发明家的自豪，掠夺者的狂热，我全部交付给魔鬼；我要返回东方，回归初始的永恒的智慧。——这显然也是一场粗野怠惰的空梦！

逃避现代痛苦这种赏心乐事我决不希求。古兰经上驳杂的箴言我看不明白。——自从基督教义这门学问公之于世，人就在玩把戏，证明各种不言自明的事理，借这类证明自吹自乐，而且非这么活不可，这不是实实在在的苦刑是什么！精致巧妙的拷问，胡调无谓的酷刑；我精神上种种虚妄混乱的根源。也许人的本性也感到烦厌！普律多姆先生①原来与基督同时降生。

---

① 法国作家亨利·莫尼埃(1799—1877)小说中的人物：庸俗自负、大言不惭，一口教训人的词句，满脑袋的愚蠢观念。

是不是因为我们都在迷雾中辛苦耕耘！我们吞吃热病还佐以多汁的菜蔬。还有酗酒！还有烟草！还有无知！还有献身！——这一切，与东方的思想、智慧，初始的故土，不是相去很远吗？既发明这样一些毒药，为什么又有一个现代世界！

教会人士说：可以理解。你们所说的本是伊甸园。东方民族历史，与你们何干。——是真的；我是想念伊甸园！我做的什么梦，古代族类的纯真！

哲学家说：世界不纪年。有的只是人类大迁徙。你在西方，可以自由迁居去你的东方，你要它多古老就有多古老，——随你去。只要不是战败者。哲学家，你的确属于你们的西方。

我的思想，多加小心，注意提防。施用暴力救世的政党不见存在。你需要磨炼！——啊！对我们来说，科学进展还不够快！

——我发现我的精神沉睡了。

如果精神此刻觉醒，即刻我们就进到真理，也许真理正率领它的天使围着我们哭泣！……——如果思想此刻觉醒，也许我不会屈从毒害身心的本能，不会退到一个古老的时代！……——如果思想永远清醒，我必将在智慧之中涵泳徜徉！……

噢，纯真！纯真！

只有在这清明醒悟的一刻，才让我看到纯真的美景！——人凭借精神思想通向上帝！

痛苦至极的大不幸！

闪　光

人类的劳动！这就是时时照亮我的黑暗深渊的那种爆发。

"弃绝虚妄；需要科学，前进！"现代《传道书》发出这样的号召，也就是说，全世界都在这样呼吁。可是坏蛋和懒汉的臭尸正在猛烈袭击其他人的心……啊！快快，更快一点；未来的报偿，永恒的奖励，越过黑夜，就在那里……难道我们弃而不取？……

——我能做什么？我懂得劳动，我能工作；可是科学进展过于缓慢。祈祷却在快步向前，阳光也在怒吼……我看得十分清楚。太简单了，而且天太热了；人们并不需要我。我有我的责任，我要效法多数人，照他们那样放弃责任，我为此感到自豪。

我一生空耗已经耗尽，没有用了。好吧！咱们就装聋作哑、装模作样，偷懒，什么也不干，天可怜见！还要存在下去，那就玩玩闹闹，梦想那妖异的爱情和奇幻的宇宙，再自怨自艾，怨天尤人，对于世界多重表象争论不休，你们这些江湖术士，乞丐，艺术家，匪徒，——教士！我躺在医院病床上，有浓烈的乳香气味袭来；神前看管香火的人，听忏悔的神甫，殉道者……

我童年所受的肮脏教育我终于弄懂。后来又怎么样!……我已经二十岁,既然别人也是二十岁……

不!不!现在,我在对抗死亡!与我的自负相比,劳动未免过于轻松:背叛世界也许是极为短暂的痛苦。在最后时刻,我还要向左右两面发动进攻……

于是,——啊!——可怜的亲爱的灵魂,我们也许不会把永恒丧失!

清　晨

可喜可爱的青春，神奇壮美的青春，应该写在金叶上，是不是我也曾享有过一次，——太幸运了！因为犯了罪，犯过错误，我就应该像现在这样软弱？你希望野兽发出痛苦的嚎叫，你希望病人绝望无告，你希望死者有噩梦纠缠，你给我讲讲我的堕落和我的沉迷不醒。为什么乞丐《天主经》、《圣母经》长诵不停，我，我却没有能力给自己作出解释。*我再也不知如何说话了！*

今天我相信，我同我的地狱的关系已经告终。是地狱，当真是地狱；是那个古老的地狱，地狱之门是人之子开启的。

仍然是在同一沙漠上，在同样的黑夜，我的永远倦怠不堪的眼目在银星照耀下惺忪醒来，生命之王，朝拜耶稣诞生的三博士、三个国王，心、灵魂、思想，却未见有所动。我们将在什么时候穿越远方海岸和山岭前去朝拜新的劳动，新的智慧，欢呼暴君、魔鬼逃走，迷信终结，去瞻拜人世上新的圣诞——作为去得最早的一批人！

天界升起了和歌，人民在前进！奴隶们，生命，我们不要诅咒生命。

永　　别

　　已经是深秋！——何必惋惜永恒的阳光，既然我们立誓要找到神圣之光，——远远离开那死于季节嬗替的人。

　　秋天。我们的航船在静止的雾霭中转向苦难之港，朝着沾染了火与污秽的天空下的都城驶去。啊！衣衫褴褛，雨水浸坏的面包，喝得烂醉，把我钉死在十字架上的千万种情爱！这吞食无数灵魂无数尸体的鬼女王，她决不肯就此罢休，而且亿万死去的灵魂还要接受审判！我看见我的皮肉被污泥浊水和黑热病侵蚀蹂躏，头发、腋下生满蛆虫，心里还有大蛆虫辗转蠕动，我躺在不辨年龄、已无知觉不相识的人中间……我也许就死在这里了……可怕的景象！我憎恨贫穷。

　　我怕严寒的冬日，因为那是需要安全舒适的季节！

　　——有时我看到一望无际的海滩上空布满洁白如雪次欣鼓舞的国度。一艘金色的大船在我上空有彩旗迎风摇曳。我创造了应有尽有的节日，应有尽有的胜利，应有尽有的戏剧。我还试图发明新的花卉，新的星辰，新的肉体，新的语言。我自信已经取得超自然的法力。怎么！我必须把我的想象和我的记忆深深埋葬！艺术家和说故事人应得的光荣已经剥夺！

我呀！我呀，我说我是占星术士或者天使，伦理道义一律免除，我还是带着有待于求索的义务，有待于拥抱的坎坷不平的现实，回归土地！农民！

我受骗了，上当了？仁慈对于我是否也是死亡的姐妹？

最后，因为我是靠谎言养育而生，我请求宽恕。好了，好了。

不必伸出友谊之手！到哪里去寻求援救？

———

是的，至少新时代是极其严酷的。

因为，我可以说，我是胜利了：咬牙切齿，怒气咻咻，恶声悲叹，都已经缓和下来。一切邪恶的记忆都已一笔勾销。我的最后的懊恨也大可收起，——乞丐，匪徒，死亡之友，各类发育不全的落伍者，嫉恨之心就留给他们。——你们这些下地狱的，要是我能复仇该有多好！

绝对应该做一个现代人。

赞美诗，一句也不要：走一步是一步。严峻的黑夜！斑斑血迹已经晒干，在我的脸上还在冒烟，我身后一无所有，除去这令人胆战心惊的丛丛灌木！……精神上的搏斗和人与人之间的战斗一样激烈残酷；至于正义的幻象，那是只许上帝享有的乐趣。

现在是明天的前夜。强劲活力的悸动和实有的温情，让我们都领略一番。等到明天，黎明初起，我们凭着强烈的耐力的武装，要长驱直入，走进辉煌灿烂的都城。

说什么友谊之手！最有趣的乐事，是我可以嘲笑自古即有的骗人的爱情，羞辱那些谎话连篇的夫妻伉俪——我在那里亲眼看到女人的地狱；——而且，在一具灵魂、一具肉体中真正占有真实，对于我是可以自行决定的。

1873年4—8月

《地狱一季》题解

《地狱一季》由兰波自己编定出版,是兰波作品中独一无二的。可以肯定的是一八七三年八月至九月交布鲁塞尔的一家由雅克·普特(Jacques Poot)开办的印刷厂(Alliance typographique)印刷。兰波与布鲁塞尔民主派人士有接触交往,可能由此找到这家印刷厂,自费出版,商定先付一笔预付款。据说兰波的母亲同意负担出版费用,因为儿子说此书将可能使他获得荣誉。九月开始付印,印数五百本。

兰波十月去布鲁塞尔,下榻利埃儒瓦旅馆(Hôtel Liégeois)。取到六本给作者的样书,即不耽搁取道返回。警察局在监视他,一张记录卡上记有如下字样:"十月二十四日,悄然离去。"

回到法国后,他给六位朋友寄发了《地狱一季》样书。魏尔伦在蒙斯(Mons)监狱收到一本,德拉阿伊(Delahaye)和欧内斯特·米约(Ernest Millot)同样也各收到一本。在巴黎,兰波仅有三位朋友:里什潘(Richepin)、福兰(Forain),还有一人不知其名。

兰波为取得五百本书应付清印刷费用,不知什么原因,他没有那么做。或许兰波母亲没有履行诺言,或者是在他离开布鲁塞尔时，书还没有印好。几个星期过后，兰波就对之不再注意，丢开不管了。

书全部滞留在出版商的仓库中。一九〇一年，一位比利时藏书家莱昂·洛索(Léon Losseau)偶然发现此书。七十五本霉坏烧去，其余的留下。一九一四年七月十二日他向比利时藏书家协会(Société des bibliophiles belges)提出他的发现。他将书分赠给一些作家，藏书家协会会员每人分赠一册。帕泰尔纳·贝里雄(Paterne Berrichon)提出抗议亦无济于事。

《一季》写作日期，我们掌握有据，对于我们来说，应是充分的。这是兰波本人提供的。兰波在原作写成在文本后面注上：一八七三年四月至八月。另一方面，魏尔伦普画有兰波像，坐在桌前，前面是手稿，在伦敦一处旅馆(public house)，并在他的画上记有"《地狱一季》是这样写的"。(Comment se fit la Saison en Enfer)。可以下定论：兰波在五月二十八日到七月八日之间写他的这部作品。

但很多史家不同意此见。有一些史家不接受"四月至八月"这个日期。他们认为《一季》的任何一部分都不是在七月八日动身去布鲁塞尔之后写的，因此，不是在(七月十日)布鲁塞尔事件之后写的[1]。尽管有魏尔伦的证明，他们也不认为兰

---

[1] 为理解《一季》的内容，史家注意布鲁塞尔事件，故特别注意诗究竟写于何时（具体的月份）。

波可能是在伦敦写的。他们的结论是,是在罗什(Roche)于四月十一日至五月二十五日写的。另一些史家同意有一些部分是在布鲁塞尔事件之后写的,但也不同意其他部分写于伦敦。他们认为《一季》有一些部分写于四月十一日至五月二十五日,另一些部分是在七月八日之后写成的。

关于写作时间经过的争论本身是没有意义的。但有两项假设有关对《一季》的解释。如果是写于四月十一日至五月二十五日,那么作品就不包含有关伦敦发生的危机与布鲁塞尔的事件。因此对于题名《地狱一季》就必须另寻其含义。

最大的困难是从一八七三年初到布鲁塞尔事件这段时间兰波的文学写作计划我们一无所知。

一八七三年五月,兰波在罗什,工作"相当有规律",写一部题目叫作《异教之书》(Livre païen)或《黑人之书》(Livre nègre)的书。他在给德拉阿伊一封信中说,这是一些"散文体的小故事"(de petites histoires en prose),当时已写成三篇,还有六篇要写。一般人们认为这本《异教之书》或《黑人之书》就是《地狱一季》的雏形。有人认为兰波致德拉阿伊信中说的已写成的三篇,即《坏血统》(Mauvais sang)、《不可能》(L'Impossible)和《言语炼金术》(Alchimie du verbe),但这样的假设显然是武断的,因为无法解释兰波何以称此三篇为"散文体的小故事"。安托万·阿达姆(Antoine Adam)认为从《一季》今本看,兰波曾运用他的最初写成的片断或零星残稿组织而成，只有在这个意义上才可以说《一季》是《异教之书》或《黑人之书》的完成之作。

安托万·阿达姆认为面对这样多的难以确定的事实情况，健全的方法是对《一季》一部分一部分地加以研究，确定每一部分的思想，避免任何系统化的全面观点。文本本身也有待研究考虑。

以现有情况看，至少《一季》各篇散文诗是在不同的意向与不同的写作时间之下写成的，但全篇有一个总的思想统辖贯穿其间。写的是震撼兰波精神生活的一幕大戏(drame)的故事，几乎使他走向死亡或犯罪。他过去对生活是采取愉悦态度的，后来他宁愿拒斥一切价值，逃避现实。他因此落入地狱。但有一天他醒悟了。他将接受生活，没有污迹的生活。他又回到地上人间。

这一轨迹首先在《序诗》(prélude)中描述了。接着是《坏血统》(Mauvais sang)，说明由于怎样的奴性(servitudes)这个为幸福而生的灵魂(人)被拖出他的正道，而这种奴性，是最沉重的遗产。一个人从属于一个奴化的种族，并不是不受惩罚的。他的祖先曾经出入魔巫夜会，或在十字军东征时代走遍欧洲。他是一个原始人，任何社会秩序对他来说都是不相干的。

在《坏血统》之后，兰波就叙述他的《假皈依》(Fausse conversion)，这是一种精神危机(la crise)，在危机中他发现他再也不能成为真正的异教徒(païen)，他的种族的全部过去将他投入神秘主义的诱惑。在他将《一季》出版时,他把《假皈依》这个题目有意改为另一个题目《地狱之夜》(Nuit de l'enfer),这个题目不那么明确,但含义依旧。兰波从他在地狱这一段时期,给我们带来他的被打下地狱之人手记中几页。他加上的标题是《谵妄》(Délires),因为他知道这时他已陷入疯狂。

《谵妄》标志着《一季》的最高点。有几段文字向我们讲述如何经过摸索,犯错误,失望,逐步地恢复理性,《不可能》(L'Impossible)一节,是他所提出的有关对于"东方"和智慧的梦想,即科学与宗教的幻想。《闪光》(L'Éclair)表现的是一切皆空,逃避到梦中,反抗,各种神秘主义——这一类观念。经过这许多失败,堕落,失望之后,前景逐渐一点点地出现,这就是《清晨》(Matin)中透露出来的思想。在荒漠和黑夜之中,诗人在瞩望着天上的星辰。

全剧的终结,是《永别》(Adieu)。路又找到。不再有神秘主义、野心和幻想。兰波找到了他真正的法则(loi)。作为农民的儿子,他回归土地。他有一项义务要完成,这是他每天的任务,既谦卑又严肃。战斗告终,黎明升起。

关于原草稿的说明

一八九七年,帕泰尔纳·贝里雄在瓦尼埃(Vanier)处的所有文件中发现有一张纸，纸的正面是《假皈依》的一部分，纸的反面的文字当时不得而知，即散文诗《毕士大》（Beth-Saïda）。

一九一四年，贝里雄又发现第二张稿纸。正面是《言语炼金术》的一部分，反面是同一章的一部分。他将之发表在一九一四年八月一日一期的《新法兰西评论》杂志上，同时附支一八九七年发现的《假皈依》。

上述文本，布满删改文字，难以辨认卒读。布伊阿纳·德·拉科斯特（Bouillane de Lacoste）于是在他所出的《地狱一季》版本中将文字细加辨认推敲，加以改善。他这个文本此后便成了权威的定本。

在瓦尼埃出版社后继人A. 梅森（A. Messein）所存的文稿中，又有第三张文稿被马塔拉索（Matarasso）和布伊阿纳·德·拉科斯特发现。这一张文稿的反面写的是两篇福音散文（Proses évangéliques），但在正面是《坏血统》的一部分。这一文稿现已列入马塔拉索个人收藏之中。这一份文本由马塔拉索和布伊阿纳·德·拉科斯特在一九四八年六月一日的《法兰西水星》杂志上发表。七星丛书全集本第一版又对这个文本作了改善。

关于序诗

所有的注释家一致认为这首序诗写于布鲁塞尔事件之后，

这是明显的。以"最后一次走调"(dernier couac)为证。马塞尔·吕弗(Marcel Ruff,著有《兰波,其人及其作品》,阿蒂埃出版社一九六八年版。Rimbaud, l'homme et l'œuvre, Hatier, 1968.)持不同意见,他提出,按帕·贝里雄所说,兰波在伦敦曾以为受到某种感染,入医院治疗。所谓"走调"(couac),即指这次生病,不是指在布鲁塞尔挨了一枪。所以前述假设不能成立。

事实上,理解序诗,上述问题无关紧要。因为上述两种假设均无妨于认定这里是兰波在叙述他近几年走过的道路。先是对生活抱着欢快的态度,接着是拒绝了"美",再是反抗社会秩序,逃避和拒绝希望。最后(这就可能与伦敦和布鲁塞尔事件有关),他又感到接近于抛弃反抗,重新再回到原初的"盛宴"(Festin)去。不过他立即又有所悟,知道他已经处在撒旦的掌握之下,是一匹豺狼。他所写的这本书(Livre),是一个被罚下地狱的人的手记中的几页。

坏血统

这首散文诗篇幅很长,看来应该列为全诗之首。由于不了解《异教之书》或《黑人之书》的情况,无从肯定它是否也在其中。看来很清楚的是,兰波从前摘取某些主题或从已开始写的作品中将若干段落若干片断插入其中。甚至《坏血统》从"异教徒"这一主题以另一种形式改写,或另行写成,前四节就是如此，接下去主题变换，插入了另几页，转到写"黑人"主题，这可能就是第Ⅴ、Ⅵ、Ⅶ这三节的来源。第Ⅷ节可能是全诗的收结。（分节是为了便于说明）

Ⅰ

安托万·阿达姆说《坏血统》有着对于米什莱（Michelet）的记忆的印记。这位历史学家曾对法兰西种族的被征服，始终牢牢牵制于土地，信仰一种古老的宗教，这种原始宗教信仰基督教也未能摧毁，作过解释，对米什莱著作中这种著名的解释兰波是读过的。所以他从中得到了对于自己的解释，他知道他是属于高卢人，他的眼睛也是蓝色的，高卢人的坏品质他有，他也记得十字军东征去东方诸事。倾向神秘主义，接受撒旦的诱惑 他知道这一切都是得之于祖先。这就是他从他祖先劣等民族那里接收下来的遗产，其中也包含对十字架上的耶稣的感情和圣母马利亚的崇拜，但是他也经常参加魔巫夜会（sabbats）。

Ⅱ

述说过去以解释自己。最后面对一个正在诞生的新世界。

Ⅲ

在这个现代世界之中，兰波可能相信其中有他的一席之地，但是他并没有找到。他只有远走他方，去做"伟大的出行"（grands voyages），到原始民族中去生活，当回来时，他可能相当强劲有力可以去统治，他将得救。（似与殖民主义泛滥的时代潮流、社会现实有关）

IV

宣布要出走。但是并没有动身。他不可能自我解放。他不知生活有什么意义。他只觉自己被引向罪恶,但又觉自己在提升,达到完美与仁慈的高度。但他又觉无能为力,痛苦不堪。

V

这一节是最辉煌的。兰波回想他童年时充满着亡命之徒的梦(不受法律保护的人 hors-la-loi),回想起二月那一次巴黎之行,严寒,不可言状的赤贫。然后又提起巴黎"流血一周"(la semaine sanglante)大火燃烧之事。他本人也曾在巴黎大镇压期间面对行刑分队。

在这样的地方出现含的种族(la race de Cham)的想法,面对白人他是一个黑人,白人下船登陆是为了征服黑人,这样的想法出现,肯定与《黑人之书》有关,但对《坏血统》与在前的计划的关系无法确定。

在一部确定的作品中出现这样一些与此相异的成分说明《坏血统》各组成部分本来不一定是协同统一的。在开头,被诅咒的人是一个蓝眼睛的高卢人,现在他又成了黑人。

VI

仍停滞在文明出现前的世界已经被征服。白人登陆。兰波已准备加入新秩序。他对他的过去并不觉自己有罪。他以一种丧失一切希望的平静态度面对未来。

显然,这种接受甚至参与在《一季》中所写的生活历程仅仅是短暂一时。兰波并没有停留在此。但是如果把第Ⅵ节仅仅看作是一种皈依的戏仿(parodie)，就未免过于简单化了。

Ⅶ

兰波并没有后退，并没有放弃他在第Ⅵ节中所说的。他的病，即厌倦，已经痊愈，并且他的重负也摆脱了。他正视自己面对的新的形势(situation)。他不同意低下头来。他不参加基督教，耶稣基督在基督教中扮演的是一个岳父的可笑角色。他不同意成为理性的囚徒。他希望得救，但又要求自由，他因此处于社会秩序之外，对其价值也无所知。没有家庭，没有工作，没有行动。所有这一切无非是闹剧(farce)，让别人去玩这种把戏吧！

Ⅷ

这一节在残稿中与第Ⅳ节原写在一起，因此令人想到第Ⅴ、Ⅵ及Ⅶ节是后来加上去的。这样的标记法(notations)，初看好像并不顺理成章，如果设想说话的人是处在一个队伍的行列之中走向敌人，就比较易于理解，人们由此可以设想巴黎公社的战斗。兰波在这些勇敢战斗的人中是弱者。他只要求敌人向他开枪，或者趴在地上听任马蹄践踏。

战败。无耻之徒的和平建立，法国的和平。必须适应。

地狱之夜

不论《坏血统》多么难于理解，不论兰波的作品多么晦涩难解——兰波在作品中以一系列的颠簸，反叛，平息来形成形象，对之至少可以得出这样可肯定的结论：即他在一八七三年四月回到阿登省写这些篇章之时，已不是几年前的狂热的无神论者(athée forcené)了。他的无神论可能仍保持坚定，但也不能排除有着某种宗教态度，而且兰波很清楚在他的自身仍有从他祖先继承下来某种有深深根源的神秘主义(mysticisme)。如果人们没有忘记，在他和魏尔伦在伦敦——在他们回到欧洲大陆前——的几个星期，被某种新的关心倾注事项所吸引，他的这种独特方式的变化就是很清楚的了。当时魏尔伦确实发生"最早一次皈依归宗"(première conversion)，而兰波对他在他的朋友身上看到的这种转变不可能全然无动于衷。

所以我们由此可以更好地理解在《坏血统》中一种宗教上的焦虑不安的表现以及其后《地狱之夜》的含义。

《地狱之夜》，兰波原题名为《假皈依》，这个题目十分清楚地说明了这首诗与他生活怎样一种曲折过程有着相应关系。在罗什，四月经过一段平静时间，他又动身去伦敦与魏尔伦相会。这是一次可怕的再次堕落(rechute)。初稿上说："我重复着疯狂的存在，遗传性的发怒，野兽的生活，愚钝，不幸。"史家设想这《假皈依》是形成在布鲁塞尔，在左轮手枪打过之后，对于这一次堕落很难解释。采纳这样的看法，即兰波现在提出他在伦敦过的那地狱似的几星期，诗作文本清清楚楚。这就是：兰波从一八七一年培植的那种恶习(vice)，尤其是遇到魏尔伦以后，是彻底把他败坏毁掉了。他吞下一大口毒药，即在于此。有些批评家提出问题，问《地狱之夜》的第一句诗是什么含义。若是将这一句置之于《一季》全部总的运转之中，这句诗并没有什么神秘之处。这一大口毒药，这就是有关残忍、有关叛逆反抗的精神，是任何恶习的培育养成，即以之形成体系，并被这种养成推向极为可怕的祸害。

兰波在伦敦依稀看到了皈依归宗，这在他的心灵中也就是力量与和平的展望，是亿万美好创造物的形象。可是现在，只有羞辱，预感到的已经落到身上的罪恶。在这几个可怕的星期内，毫无疑问，他已预见到他是犯了罪的，可是这样的思想也并不使他害怕。他发现在谋害与随之而来的惩罚之中是自毁的途径，他写道："按照人世的律法，一次犯罪 我立即就被打入虚无。"这一点也说明了《谵妄》中这一句诗："有人真把我脖子割断，那可多么可厌。"

兰波对于这一次堕落归罪于魏尔伦。《地狱之夜》中有一些诗句让我们推知那个下地狱的人何以怪怨他的同伴。这在初稿中更是明确清楚。那时兰波是这样说的："他在我耳边悄悄说的，就是种种不端的行为，那些神秘主义、假香料、幼稚的音乐。"将这种幼稚的音乐看作是魏尔伦的幼稚的音乐 (musiques naïves) 有何不可；这些假香料说是和写《无词浪漫曲》(Romance sans paroles) 的诗人的气味相同，有何不可；这种种神秘主义，说它就是写《罪恶的爱情》(Crimen amoris) 和组成以后那本《智慧集》(Sagesse)的诗的神秘主义,又有何不可?

《地狱之夜》给人一种混乱和绝望的印象。是因为那许多互不连贯的句子和呼喊号叫。既有对真实的确认又有幻象虚影。要控制生命、生活的梦幻和由生存逃出的梦幻。还有撒旦冷笑的声音。但主导思想是:自幼即被加之于己的原罪的观念,这是全部罪恶(mal)的根源。所以说"地狱伤不到异教之人。"最后,承认失败,只有回到卑劣下流一途。"是火焰,火焰卷着罪人升腾而起。"

谵 妄 I
疯狂的童贞女
下地狱的丈夫

这一节一直被看作是兰波与魏尔伦的关系的明证。几乎人们一致认为疯狂的童贞女是魏尔伦,下地狱的丈夫是兰波。安托万·阿达姆说可能这是错误。

吕弗最近的作品有力地指出上述看法没有说服力。他提出另一种意见。按这种意见,疯狂的童贞女是兰波(原文是premier Rimbaud)的灵魂,"屈从并且转向上帝",现在"被解放了的、对灵魂来说成了下地狱的丈夫的兰波拖住了。"似乎吕弗的反对流行的解释的意见可以成为定论。疯狂的童贞女与地狱中的丈夫的冲突不过是趋向上帝与倾向罪恶两者的冲突。

这种传统宗教精神的观念并不能把问题解释清楚。

回顾一下《马太福音》（第二十五章，一至十三节）关于聪明的童女与愚拙的童女的寓言。据安托万·阿达姆说兰波写这一节时一定是想到上述寓言的。疯狂的童贞女向上天的丈夫申诉，请他宽恕，她痛苦。这时地狱中的丈夫主题出现，这是在福音书中所没有的。她并不是离开了宴席的厅堂，而是成了地狱中的丈夫的奴隶。

安托万·阿达姆说福音书中的寓言仅仅是一个起点。写至此，兰波离开福音书，把地狱中的丈夫占有疯童贞女的思想加以发展。他赋予地狱中的丈夫一个强者的形象，这样的现实性使以前对之所作的阐释归于错误。他谈到他如同谈到撒旦会离弃他再去诱惑别人。他为这样的思想而颤抖，因为他知道这个恶精灵就是他的刽子手，他就是那个无他他就不能生活的人。他谈到他仿佛他就在他身上，而不是好像他就是他。

安托万·阿达姆说：地狱中的丈夫和疯狂的童贞女事实上意味着兰波心中两个声音在说话，一是那懦弱、温和亲切的灵魂，另一个是只想反抗梦想那不可能、屈服于生活的奴役的那个孩子的灵魂。地狱中的丈夫在她眼中像一个有着神秘的娇弱的孩子。他要她追随他到世界之外去。他教他不要爱女人，蔑视像俗恶之人所说的那种爱情。因为他并不是恶精灵，而是善与恶的精灵。他梦想新的人类，他渴望罪恶一如渴求仁慈，渴望鄙劣一如渴求纯真。他既非恶，疯童贞女也非善。但是在期求和平和天真性的灵魂前面展开的是深渊。无底的深渊，即人称之为"彼岸"超越于人所以也是毁灭人的那个地方。

《谵妄》第一部分兰波何时写成无法确定（在布鲁塞尔打枪之前或以后，在六月伦敦，或在罗什一八七三年七月末）。似乎可以说《一季》中这一部分写于七月事件之前。

谵 妄 Ⅱ
言语炼金术

这一节系叙述兰波的诗史的，尽管晦涩，尽管一系列事件强烈冲击加之于诗人，我们仍然感到缺乏证据能让我们深入诗人的思想，让我们便于对之更好地理解。

第一段快速地将诗人引向危机的各个阶段。从摆脱当时诗的俗套惯例入手，并创造一个完全不受约束的世界。这第一个时期是与一八七〇年秋相吻合的。在这个时期，他写了《萨尔布吕肯的辉煌胜利》（L'Éclatante victoire de Sarrebruck），《恺撒的暴怒》（Rages de Césars），《罪恶》（Le Mal），让人想到厄比纳尔彩图①的色彩粗重的形象（images d'Épinal）。

继之，发明了母音的色彩。过去传记上，对诗人的早熟定

---

① 厄比纳尔（Épinal），法国东部城市，孚日省省会。十八至十九世纪以彩图印刷闻名。

在一八七〇年末几个星期（在他写出这首著名的十四行诗之前）。我们知道，这种观念真正的意义并不是在形而上学观念深度上的发现，而是企图创造一种语言，可以直接产生一种感性而完全不同于以前诗的语言、观念、情感。

《言语炼金术》就是这样酝酿起来的，而兰波为表现他的这种经验所提供的实例十分明确要在以后，即一八七二年的春季。他在这一节中所引的诗都是写于一八七二年五月的，或其后几个星期之间。正在此时，他彻底摧毁传统形式，在《言语炼金术》中选取例诗，选这个时期写的诗，那是十分正常的。

本节是对有关一件伟大丰功的叙说。兰波企图将诗从屈从于传统经验与理性之下解放出来。诗应是自由创造，为了使诗支配他，为使诗自成一体，他特别培育幻觉（hallucination）。所以在一处工厂见到一座清真寺，行在天空的四轮马车，沉没在湖底深处的厅堂。《米歇尔与克里斯蒂娜》（Michel et Christine）也是在这个时期写成，这首诗的题目是斯克里布（Scribe）一部通俗喜剧的标题，在他精神中引起的是万马奔驰和入侵的形象。

这种诗的经验变成了一种思维和生活的模式。德拉阿伊留给我们他的朋友兰波在这个时期的生活状态，在《言语炼金术》中，那形象兰波也有自我描写，就像一个梦游人在城中游荡，在污秽的小巷中徘徊，一连几天沉默无言。他实行了"任何狂妄的诡辩"。

但兰波在他写《言语炼金术》时期，严格地弃绝从一八七一年以来他长时间所从事的幻觉活动。"与我有关。我的种种疯狂中一种疯狂的故事。"从第一行诗就这样宣告。而全诗最后是："这一切都过去了，完了。今天，我知道我要向美致敬。"这就是说，他不再求助于疯狂和神秘主义，以便得到自己可以生活于其中的世界，而人世的力与美于他已足够了。

据皮埃尔·珀蒂菲兹（Pierre Petitfils）在《兰波研究》第二期上发表文章指出，兰波写《言语炼金术》时所引各诗并不在手头，故与上述诗作有出入，但基本不差。在安托万·阿达姆一九七二年版七星丛书全集本中列为《新诗与歌》（Vers nouveaux et chansons）一组，置于《地狱一季》之前，内共收入诗十五首。

本篇中提到的歌舞剧标题，即与《米歇尔与克里斯蒂娜》有关。

其中讲到"将军"（général），这是让注释家为难的问题，据现存《言语炼金术》另一份草稿，"将军"就是上一段的"火之神太阳"，因此，这一段的言语可视为强烈阳光照射下产生的意象。

下一段：… qui est du noir（是黑黑的），发表时被改成"是乌黑的蓝色"。

本篇最后一句，加注说明，据《言语炼金术》草稿可辨字迹：

"这一切渐渐都已过去。

"我现在憎恨那许多神秘的狂热和风格的诡谲怪异。

"现在我可以说艺术是一种愚蠢。

"……我们的伟大诗人(……)也十分容易：艺术是一种愚蠢。

"向善(la bonté)致敬。"

不可能

《一季》这一部分，与前相比不那么动人，但至少对于兰波的精神戏剧投上一线光明，有助于了解生存(vie)问题是怎样向他提出来的。他从蔑视(le mépris)开始，他自觉在被惩罚之列。继之他理解到东方是他的真正的家园之所在。但逃避西方全部要求(exigences)和诱惑(tentations)却非易事。

尽管人们推想他对于东方哲学做过何等研究，无论如何不能断定他对此已经"入门"，受过与鬼神相通的魔法(Kabbale)的训练或读过东方经典。他所说是初始的永恒的智慧，只是指对于生活的一种观念，即拒绝妄动、宁静、坚忍的生活。要鄙弃西方的思想方式与生活也并不必是一个与鬼神相通的魔法的"入门者"和深知此魔法的人。

《一季》中这一节写作时间不能确定。但可以肯定是与后一节《闪光》同时写成。

闪 光

在《不可能》所表现的黑暗之中,出现了一线闪光,一切都是徒劳,至少劳动,由科学指引的劳动,给生活带来一种意义。这是今天人人都这么说的。接着,失望出现。劳动进展太缓慢,过于艰苦沉重。逃避到梦幻中去,反抗,怀念童年的神秘主义,于是一切又告失败。通向幸福之路是不存在的。

清 晨

《一季》描画中的历程走到这一阶段,到了"清晨",表现放荡者面临一个光明的前景。兰波问为什么他竟沉溺在绝望的混沌之中。他从地狱中走出。一个新世界将出现。他在这个新世界中将有他的一席之地。这将是"圣诞",是荒漠与烦扰的终点。人类将从暴君、迷信之中解放出来,投向劳动和智慧。各族人民在前进,天空也在歌唱。奴隶也不再诅咒生活了。

但要当心。这一切仅仅是期望,是远景。现实没有变化。沙漠、黑夜依旧。兰波眼睛看着天上的星也是枉然。朝拜耶稣诞生的三博士(les Mages)没有动静,三博士是人的心、灵魂、思想。圣诞是伟大的希望,但何时才能实现?

永 别

兰波从绝望处境中逃脱出来了。但这并不是为了委身于他过去所醉心的虚幻(fantasmagories)。那是他曾在天空看到"一望无际的海滩上空布满洁白如雪欢欣鼓舞的国度"。他在他精神之中创造了"应有尽有的节日,应有尽有的胜利,应有尽有的戏剧"。他还试图发明"新的花卉,新的星辰,新的肉体,新的语言"。现在这一切都已告结束。他必须把他的想象和他的记忆深深埋葬。

他才十九岁,就已进入他的秋季,而秋季对于他来说想到的是伦敦沾染着火与污秽的天空下的沉沉的雾。但是他也并不对太阳有惋惜之情,因为他意识到他已经介入"寻找神圣之光",他找到了力量。

他自认为是占星术士或者天使,于是他回归土地,他曾经自以为已与道义无涉,现在他却应该去寻索一种责任。他曾经生活在虚幻的世界,今后他要紧紧贴近那坎坷不平的现实。他又成了一个农人。

他是孤独一人而且是强的。没有友谊之手伸向他。他也没有那种需要。他克服了心的种种弱点,对乞丐,对死亡之友,对各类发育不全的落伍者他都心不软不动情,他知道那目古即有的爱情的秘密。他从他的仁慈之心中摆脱出来,仁慈之心对于他也许不过是死亡的姐妹,即毁灭。

宗教的企图,是什么也没有余留了。"赞美诗,一句也不要:走一步是一步。"他叫道。能掌握自己的自主的人不应是彼岸的致命的力量渗入己身。战斗已经结束了,脸上的血迹已经干了。

黎明升起。他准备动身上路。他将到远方去。"我们将走进辉煌灿烂的都城",他这样写道,如同他已深知他立即就要准备前去进行伟大的行程。

彩画集

洪水之后

关于洪水的观念一经淡薄,

就有一只兔子在岩黄芪①和铃铛花摇曳着的花丛中停步站立,从蛛网下对着天上长虹虔诚祈祷。

啊!珍奇的宝石隐没不见——花卉却在张目探望。

在污秽的大街上,摊头纷纷摆开,因此有人对着那像版画上画的层层海浪上小船瞄准射击②。

在蓝胡子③家里,鲜血在流,——在屠宰场,——在马戏场里,上帝的印记把马戏场所有窗口染成一色惨白。血在涌流,奶水也在流泻。

海狸在修筑巢穴。北方小咖啡馆里"玛扎格朗"④热气腾腾香气四溢。

大宅水汽濛濛,开着许多玻璃窗,在这座家宅里,服丧戴孝的幼子凝视一幅幅不可思议的挂像。

---

① 豆科植物,又称驴食草。
② 似指市镇集市上玩打枪游戏的摊头。
③ 蓝胡子杀死六个妻子的故事,出自夏尔·贝罗《往日故事集》(1697)。
④ 玛扎格朗,一种混有烈酒的热咖啡。

一扇大门砰然推开,在小村镇广场上,还有一个小孩在转动着手臂,风雹雨雪大作,风信旗和各处钟楼上风信鸡也随着转动不息。

某某某夫人在阿尔卑斯群山中安放了一架大钢琴。大教堂十万座祭坛前大弥撒和初领圣体仪式正在举行。

沙漠商队开拔远去。在地极白冰与黑夜混沌中,"辉煌大厦"拔地升起。

此后,月神就听到百里香的沙漠上豺狼幽幽长嚎,——还有果树园中踏着木鞋唱起猪叫般的牧歌。后来,紫色大乔木林抽芽生长,"圣体"对我宣告:春天已经降临。

——池水,幽暗无声,——浊浪,冲上桥梁,淹没林地;——黑毯和管风琴,——闪电和雷鸣,——冲上来,冲过来;——大水与悲愁,来吧,大洪水来吧,冲过来,冲上来。

因为自从洪水消退之后,——啊!珍奇宝石深埋地下渺无踪迹,百花盛开怒放!——可恼可厌!还有女王,女巫,在土钵里燃起她那一钵红炭,她之所知、我们所不知,她是再也不愿详尽说给我们听了。

童　年

I

这一尊偶像，黑眼睛，黄鬣毛，没有父母，不属于任何宫廷，比神话还要高贵，既是墨西哥人，又是佛拉芒人；肆无忌惮的蓝天和倨傲不逊的碧绿是他的领地，地界沿海岸延伸，海岸借海浪而命名，海上没有船舶航行，随你用凶恶的希腊人、斯拉夫人、克尔特人去命名，在海上没有船舶航行。

在森林的边缘——盛开着梦中的花卉，花开有声，光彩熠耀，——有橙红美唇的少女盘坐在清澈的水中，是青草地涌出的洪水，是由彩虹、花卉、海洋荫蔽、渗透、装饰成的裸体。

海滨近处平地上，有贵妇徜徉盘旋；女童和女巨人，俊美的女黑人，站在浅绿色苔藓上，在冰消雪化的小树林和小花园沃土上有珍奇之物罗列矗立，——有年轻的母亲，还有大姐姐，眼神中充满朝圣瞻拜的心意，还有华服熠熠仪态威严的后妃和公主，还有愁容满面横遭不幸的异国小女子，还有其他一些人物。

"亲爱的肉体"和"亲爱的灵魂"的时代，多么可憎，多么讨厌！

II

就是她,死去的童女,站立在蔷薇丛后。——已经死去的年轻母亲从大石阶上款款走下。——表弟的四轮马车在沙上叫闹不已。——小弟(他在印度!)在那里,站在石竹花遍开的草地上,面对着落去的夕阳。——在墓地,在紫罗兰围墙下,老人早已入土下葬。

将军家宅四周围满着金叶。他们家在南方。——沿着红土大道匆匆而行,匆匆赶到竟是一家空废的旅店。城堡正待出售;百叶窗破败散落。——神父带走教堂的钥匙一去不返。——花园四周,守卫的小舍早已无人居住。栅栏墙这么高,只能见到簌簌有声的树巅。在那里其实没有什么可看的了。

草坡一直延伸到小镇上,村里雄鸡是没有了,铁砧不见,也没有了。河上水闸早已起去。啊,沙漠的灾难和磨坊,多少岛屿,多少草垛!

中了邪的花在喃喃低诉。倾斜的山坡摇着催他入睡。带有神奇恢诡美态的兽来去逡巡。属于灼热之泪的那种永恒,造成海上波涛汹涌,海上云气堆聚,密密层层。

III

林中有一只鸟,它的鸣唱招你驻足,让你羞愧脸红。

有一座大自鸣钟,不再报时。

有一个泥坑,一窝白毛兽物筑巢其中。

一座大教堂在下沉,一泓湖水在上升。

小车一辆遗弃在低矮的树林里,或沿着小路急驰而下,车上挂满了彩饰。

有一队上装的剧团演员走过大路,从树林边大路上就可以看见。

最后,你饥渴难熬,每逢这样的时刻,一准有人把你一脚踢开。

Ⅳ

我是圣徒,在平台上祷告,——如同驯顺的野兽啮草,一直吃到巴勒斯坦海。

我是端坐在扶手椅上阴沉沉的学人。树枝和阴雨穿插交错在书房上方。

我是矮林一侧大道上的步行人；水闸的喧声掩没我的脚步声。我久久凝视落日余晖，金黄愁惨的洗过衣服的肥皂水。

我也许真是被遗弃的孩子，被抛在伸到外海的长堤上，我也许是小贱奴沿着羊肠小道爬，额头触到了天。

小路崎岖难行。山冈上遍布染料木。空气静止不动。飞鸟，泉水，不知远在何方！向前行进，也许就到了世界尽头。

V

就为我定下这个墓穴，刷上石灰白粉，水泥砌出棱角线条——在地下深处。

我的臂肘支在桌上，灯光十分明亮，照着这些报纸，我真蠢，把它一读再读，灯光照在这些书上，这些书枯燥无味。——

在我这地下厅堂上方，相距很远的高处，筑有屋宇层层，烟雾弥漫，聚集不散。泥泞是红红的，或是乌黑的。是狰狞可怖的大城市，漫无边际的黑夜！

不太高的地方，是下水道。四面八方，都是深厚的地球，别无所有。也许是蓝天的深渊，火的井。也许在这些层次上，月与彗星交会,海洋与神话遇合。

　　遇有愁惨时刻,我设想玩一玩蓝宝石色金属球的滚球戏。我是静寂空无的主宰。为什么拱顶一角气窗形状的地方透出一线灰白的光?

故　　事

国王除了使种种庸俗的慷慨尽美尽善之外，无事可做，很是恼怒。有关爱情的惊人动乱他早有预见，他怀疑他的那些女人比上天与穷奢极欲带来的欢心喜悦更有威力。他要查明真相，看看欲望基本满足那一时刻究竟如何。是虔心之畸变，或者不是，管他去，他愿意怎样就怎样。他至少还掌有人类相当的权能。

所有认识他的女人都遭杀戮。美的花园遭到洗劫！利刃在颈她们还在虔心为他祈福。他没有下令另行寻求新的女人。——那些女人竟又再现。

游猎之后，宴飨之余，他把追随他的人也一一杀死。——所有的人依然还是追随在他左右。

他屠杀珍禽异兽取乐。他放火烧毁宫阙殿宇。他见人就追杀，宰割。——人群，殿宇的金顶，美丽的禽兽，依然如故，仍然存在。

毁灭中求得销魂大悦，凶残狠恶中让青春永驻！民众暗下并没有怨言。在他面前也不见有人出来欲比高低。

一天夜里，他傲然骑马驰行。一个精灵出现，这精灵有一种说不出甚至不可对人指称的美。他的神态和他的风仪，表达出多重性复杂的爱的期许！无可言状甚至无法承受的那种幸福的期许！国王和精灵或许在本质性健全状态下一同消隐不见。他们怎么能不这样死去？他们因此也就相随死去。

国君在王宫中驾崩，享年一般没有什么异常。国王原本就是那个精灵。精灵原本也就是那个国王。

我们的欲念，缺少的是艰深精妙的音乐。

滑稽表演

这些怪人真有趣,很结实,很稳重。已有不少人调派过你们这些人。按照你们本心,他们出色的本领,他们光辉的经验,无需也不急于一展神通。这是一些多么成熟老练的人!两眼呆滞形同闷人的夏夜,红的黑的,带上三种颜色,点金星的纯钢打炼而成;面容扭曲变形,铅灰的,惨白的,焦黄的脸色;胡调笑谑,叫得声嘶音哑!花红彩绿旧衣装,行为走相吓煞人!——当中还有几个少年人,——他们对谢吕班①怎么看?——只要说话声不吓人,只要不用危险的手段来害人。打发他们到城里背朝上往下趴,奇装艳服打扮好,那份华丽放纵看了也恶心。

啊,强烈至极的天国,疯狂丑恶矫饰的极乐世界!你们的"魔幻师",还有其他许多戏剧性滑稽表演,都无与伦比。他们穿上仿照噩梦特有的情趣即兴设计的服装,表演传奇悲歌,盗匪强人与神教半神的悲剧,就是宗教、史乘上也不见有记载。他们还把亲娘传授的民间曲调连同兽性表情姿态多情爱抚混同支那

---

① 谢吕班,意为二品天使,也可说是可爱的小男孩。

人、霍屯督人、流浪人、痴呆人、伊耶那、莫洛克①、陈年古旧的风魔、邪恶的精灵,演唱得淋漓尽致。他们还别出心裁演出新戏,演唱《好女》怀春之曲。魔术大师妙手一指,人物与地点变幻莫测,还运用磁力相引做出种种喜剧表演。双目喷火,血液歌唱,人骨变大,泪水纷飞,红色彩带飘摇飞舞。他们开的玩笑,他们玩出的恐怖场面,只有一分钟,或延续整整几个月。

荒唐野蛮的表演,其中的诀窍,只有我知道。

---

① 伊耶那,豺狼,阴毒之人。莫洛克,澳大利亚大蜥蜴。

古　　意

　　美好可爱的牧神之子！你额上戴着花果之冠，下面你的眼睛像两个宝珠球只顾转动。你的面颊染了棕粉，瘦削凹陷。你的獠牙，幽光闪闪。你的前胸像是一架齐特拉琴，你的金色双臂里有悦耳的音响流转。你的心房在你这腹中怦怦跳动，腹中容有雌雄两性沉眠未醒。夜间你就轻摇你的这条大腿，第二条大腿，还有左边的那条长腿。

BEING BEAUTEOUS①

形体高大的"美的存在"显示于白雪之前。

死亡的唏嘘,音乐低沉的回旋,像七魂六魄使这具令人迷醉的肉体起立,扩展,震颤不已;丰肌美肤之上尽是殷红的伤口和乌黑的裂痕。在加工台上,生命原有的色彩加深,摇晃跳动,从"色相"②中化解而出。阵阵颤动,阵阵呻吟,沉沉的嗥叫,造成若魔若狂的气息,兼有死亡的嘶鸣和呜咽喘哮,这就是我们身后远去的尘世发出的乐音,反射到我们的美之母的身上,——她在伸展,她在起立,她站立起来了。啊!我们这具髑髅又新生出情爱的肉身。

* * *

啊,面如死灰,肩披鬃毛,水晶的两臂!我必须穿过树丛和轻灵气流猛力钻入这具兽腔!

---

① 据考(也可能是一种推测),Being Beauteous 一词,兰波得自 H. W. 朗费罗一八三九年诗集《夜吟》中《天使的足迹》一诗;与所谓美的存在之意大体对应。
② 色相(vision),另一意为昱圣。

人　生

I

圣地的宽广大道，殿宇前的大平台！婆罗门僧人曾为我传述箴言，今且如何？只见旧物依然如故！江河上白银似的时刻，阳光灿烂的时刻，女伴①手扶着我的肩，还有辛香气息吹拂的平原，我们伫立爱抚的情景，一直在我心头萦绕不曾遗忘。——殷红的鸽群环飞在我思绪中轰轰有如雷鸣。——流落在此，只剩下这一幕还依稀可见：搬演各种文学中的戏剧佳品。那丰富新奇的内容我或许还可以给你指点。对于你发掘出的珍奇历史故事，我还要细细考校。我看看下文如何！我的智慧不值得重视，正如混沌也可鄙弃。与你的麻木不仁相比，我的虚无又能怎样？

II

我是一个发明家，我的功绩与我的先行者相比，大不相同；就算是音乐家，我的发现也无非是爱的秘密一类事物。如

---

① 此处据一九四六年版七星丛书《兰波全集》为"女伴"（compagne），据一九七二年版安托万·阿达姆注释编辑的七星丛书《兰波全集》称原手稿应为"田野"（campagne）。

今，作为天时不利身居穷乡僻壤的绅士，回首往事，也多有感慨，回想穷困的童年，从师学艺的经历，凭一双泥腿走到现在这一步，还打过几次笔墨官司，鳏居孤处六五次之多，也有几回婚娶，即使如此，我这个顽强的头脑也容不下琴瑟谐和。我有自家的神圣欢乐，说起这些老话我从不后悔：乡土硗薄，民风简朴，培育了我这一份极坏的怀疑主义。任在今后怀疑主义也不见之于行，何况我已陷入新的困扰不得解脱，——我只有等待，等待有一日，变成一个十足恶劣的疯人。

Ⅲ①

在谷仓里面壁一十二载，我认识了人世，这出人间喜剧我已经阐释得一清二楚。躲进一间小贮藏室，我还研究了历史。我在北方一座大城市某种夜半举行的庆会上，古代名画上的仕女都曾遇到，亲眼目见。在去巴黎的旧道上，有人给我讲授了古典学术。我在一座完全东方式华丽大宅之中，完成了我的伟大事业，光荣退隐。我的血液耗尽。我的责任尽到。无需再去想它。我实实在在身在九泉之下，而且没有什么嘱托。

---

① 据考，原手稿这一篇与上两篇分写在另一张纸上，笔迹也有差异，文气前后也不相贯通。

出　　行

　　看够了。色相在空气中处处遇合交会。

　　也够了。城市的喧嚣，黄昏，日午，直到永远。

　　知道得够多了。生命的中止，多次停顿。——啊，喧嚣和色相！

　　在新的情爱和音响之中，出行远去！

王　权

清晨，天气晴好，某国淳和的人民之中，有一男一女，情态俊美，在公共广场上，高声叫道："朋友们，我愿她成为王后！""我要做女王！"她又是笑，又是颤抖。他向朋友解释这件非常之事，说得凿凿有据。他们双双相对昏厥倒地不起。

事实上，这天上午，他们就是国王，这天上午，各处住宅房屋都张挂出鲜红的幔帐，这天下午，他们就沿着棕榈园一侧王者一般向前走去。

致某一种理

你的手指鼓上一击,百音齐发,新的和声开启。

你迈出一步,新的人一跃而起,起步前进。

你的头动一动:是新的爱!你的头再一转动,——又是新的爱!

这许多小孩对你唱:"快快,及时开始,改变我们的命运,扑灭祸患灾害。"人们祈求你:"我们的心愿,我们的佳运的实体何在,快快,快拿给我们看。"

不论你走到何处,它永远相随共处。

沉醉的上午

啊，我的善！啊，我的美！残忍的张扬的铜管乐在其中我没有踉跄跌倒！仙境一般的拷问架①！冲啊，冲向未知的业绩和奇美的肉体，冲向第一次！这一切在孩子的笑声中开始，在孩子的笑声中结束。这种毒性将在我们血脉里滞留不去，即使铜管乐转换，我们归于自古即有的不和谐。活该我们现在饱尝这般酷刑！给予我们被创造出来的肉体和灵魂那项非人的期许，让我们满怀狂热将它收拢在一起：这份许诺，这份疯狂！优美，科学，暴力！善恶之树埋葬在阴影之中，将暴虐专断的正直驱逐出去，这本是早已许诺给我们的，为的是招回那极其纯洁的爱。开始有几分厌恶，结束，——因为我们不能立时抓住永恒，——还是以芳香的混乱告终。

孩子的笑，奴隶的审慎，处女的严峻，出于对这里形貌与对象的恐惧，有了这一夜的记忆，愿你们都属于神圣。这一切都从粗俗开始，请看这一切又以火焰与冰的天使告终。

---

① 将人绑在一种支架上加以拷打惩治的刑具。

沉醉的一夜，神圣的一夜！当时也许仅仅是为你赠予我们一张假面具。我们向你肯定，方法！你昨天赞美我们所有的每一个年纪我们都不会忘记。我们相信毒药。我们能把我们的生命日复一日拿出来奉献。

这就是"杀人犯"的时代。

片　　语①

世界为我们这四个受惊的眼睛缩小成为黑暗的小树林，——为两个忠诚的孩子，世界压缩成为一处海湾，——为我们明澈的情同意合，世界紧缩成了一座音乐厅，——我一定会找到你。

愿人世只留下一个安详美好的老人，就他一个人，周围展示有一种"不曾见过的华美"，——我一定匍伏在你的膝前。

你所有的记忆但愿我一一实现，——但愿我就是把你紧缠紧裹的那个人，——我一定紧抱你把你闷毙不留一丝痕迹。

————

要是我们都强劲有力，——谁后退？都那么开心喜悦，——谁会成为笑柄？要是我们都很坏，——又能把我们怎样？

布置起来，打扮起来，跳吧，跳舞吧，笑吧。——"爱情"我决不会把她从窗上丢出去。

---

① 据查证手稿，《片语》分为两大部分：前三节之间有横线分隔，原接《沉醉的上午》之后，笔迹与之相同；其后五节是另一部分，原写在另一张纸上，笔迹与《王权》相同，五节之间有星号分隔；前后两部分主题也不相同。

——乞食女,小妖精,我的同伴!多少不幸,多少灾难,多少心机,多少手段,你都无所谓,可我这些困难怎么办。你跟我们去,和我们同心相结,带上你那不可能的声口嗓音,你的声音!可恨的绝望,绝无仅有的谄媚者!

七月,一天上午,阴沉沉。死灰气味在空中流散;——炉中木柴发汗的气味,——烂腐的花卉——散步场的蹂躏践踏——流过田野的沟渠的霏霏细雨——玩具和乳香为什么不见?

* * *

我给一座座钟楼系上绳索接连在一起;我给一扇扇窗张挂花饰让窗与窗相连;我在星辰上一一结上金链条给它连成一气;我于是举步起舞。

* * *

高地池塘水汽氤氲。会有怎样的女巫现身站立在白茫茫的夕照上?会有怎样一片紫茵茵的叶影冉冉降落?

* * *

公债在博爱的欢庆中散发出去,钟声在云中如同赤红大火奏鸣。

* * *

在我的不眠之夜,一阵黑尘有如微雨纷纷洒落,有中国水墨画那般意蕴。——枝形吊灯上烛光且放暗,窄我上床,侧身转向暗影,我的少女,我的女王,你们就在眼前,我看见了!

*　*　*

工　人

看这二月天午前多么和暖！这不合人意的南方让我又想起苦难的青年时代，想起种种贫穷困苦荒唐事。

亨利卡①穿一件棕白格子布裙，这布裙上个世纪想必时兴流行，头上戴一顶扎有饰带的便帽，还围着一条丝围巾。比穿孝还愁惨。我们两人到城郊走走散散心。天气阴沉酿雪，这南方刮来的风有废园、枯草地刺鼻的气味。

总不该让我太太像我这般烦难苦辛。上个月涅大水，相当高的小路上竟留下一汪水洼，我太太指着叫我看水里留有很小的小鱼几尾。

城里烟尘弥漫，市声嘈杂，顺着大路在我们身后远处紧逼不舍。啊，另一个世界，那里的居民有上天祝福，还有林木荫翳，垂影森森！南方只叫我想起童年时代的惨事，夏季还有种种失望的打击，还有命运始终吝于恩赐，还有我的超过限量的知识和力量。不行！不行！决不能在这悭吝寡恩的国土上度夏，我们在这个地方将永生永世是两个待婚的孤儿。我祝愿我这变得僵硬的手臂不要空挽着一个亲爱的虚象。

---

① 是挪威女人常有的名字。

桥

　　水晶灰色的天空。桥与桥构成的奇异的图形,长直的桥,拱顶桥,另一些与那些桥相交的折角斜形桥,在运河另一番明晃光亮流通运转中,图形错综变化,反复呈现,运行流转又是这样悠长轻盈,两岸承载一座座圆顶大教堂渐至下沉变小。这许多桥,有几座桥支撑着已破败的桥屋。还有一座座桥,竖立着信号柱,没有信号标志,桥栏不很牢固排在桥上。委婉的和声交错鸣奏,又缓缓引去,弦乐从陡峭的河岸扬声而起。你能辨认见出红衣闪现,也许是别样的衣装,也许是几种乐器在移动。是流行的小调?是领主府第音乐会上几段乐声?是人众高唱颂歌的余响?水光蓝灰闪闪。宽阔得好像海湾荡漾。——一道白光从天上投下,抹去这一幕喜剧,没入空无。

城

我是一个蜉蝣，又是恶俗的现代大都会并不怎么心怀不满的公民，因为住房内陈设和外部装饰趣味全已蠲除，如同城市布局避而不论一样。你在这里看不到什么迷信性的建筑的踪迹。道德与语言毕竟已经简化为最简单的公式！几百万人彼此无需相知，接受相同的教育，从事类似的职业，度过同样的暮年，活过一生短促得比大陆人民可见到最荒唐的统计数字还不知差多少倍。还有，我只见窗外不散的浓烟中鬼魂颠踬翻滚，——我们的森林的绿荫，我们的夏夜！——这里事事物物一模一样没有区分，所以我的小农舍，是我仅有的家园，是我心之所寄，就在屋前，只有新厄里倪厄斯①麇集！——没有哭泣的"死"，是我们热心的女儿和婢女，还有一位绝望的"爱"和一位美丽的"罪恶"，正在小巷泥泞中嘤嘤啼泣。

---

① 厄里倪厄斯，希腊神话中三个复仇女神的总称，她们在地狱里追逼背誓者、欺人者、杀人者，让他们癫狂至死。

轮　　迹

夏天的黎明唤醒了园中右侧一隅的绿叶,雾霭,声音,左侧坡地上紫影憧憧中千条万条牵系着潮湿大路上急行驰去的轮迹。是络绎不绝的梦境。真的:好几辆大车载着漆金木雕的兽物,桅杆和五彩帆布,由马戏团花斑马二十匹拉着疾驰,还有童男,还有男人,都骑在牲口上,都是最最使人骇异的牲畜;——二十辆大车,系在一起,挂着彩旗,有花彩装饰,像是古时或者故事里讲的那种四轮华丽马车,车里坐满了打扮美丽的孩子出去郊游。——同时,有乌黑华盖的马车,载着棺材,黑夜似的华盖上插着许多乌木做成的羽饰,由许多匹蓝色大牝马黑色大牝马拉着快步匆匆远去。

城　　市①

这是一些大城市！有些人，阿勒格哈尼斯②和黎巴嫩常在他们梦中显现！水晶小屋和木舍在看不见的轨道、滑轮上往复来去。古老火山口四周有巨兽，还有铜质的棕榈树，在烈焰喷涌中咆哮，旋律优美。在山中木屋后面，悬空的水渠之上，情爱的庆会弦管高奏。排钟竞相追逐，音调在喉中呜咽。各巨人歌唱者协会身穿华彩闪光的服装，举着彩旗，如顶峰上耀眼的光芒急急跑来。深渊中心平地上多少罗朗③吹响英勇赴敌的号角。天上太阳如火如荼往架在深渊上的天桥和旅舍屋顶上纷纷张旗挂彩。高潮急骤降落，与一定高度的平野相连接，已有神品的半人半马女兽在这里雪崩中自我炼化精进。在海脊最高的高度上，随着珠贝、海螺发出阵阵繁响，维纳斯美神永恒的诞生形成沧海翻腾激荡，——海洋随着闪光死去渐渐融入黑暗。

---

① 城市，此处原文为复数，与前一首《城》为单数不同。可称为城市Ⅰ。
② 阿勒格哈尼斯（一译阿勒格尼山），属美国东部阿巴拉契亚山脉。后黎巴嫩亦指黎巴嫩山。
③ 法国中世纪有关查理曼大帝传说中的英雄人物。在一次征战中，罗朗领兵断后，在比利牛斯群山中遭到袭击，奋力迎战，死前吹响报警呼援号角。法国有史诗《罗朗之歌》记其事。

在斜面上，大如我们的兵器、我们的酒杯那样的大花冯冯翼翼像大丰收一样扰扰攘攘喧哗有声。麦布仙后随行行列一式穿着乳白透明、橙红色衣裙从湍急流水上升起。在高处，鹿站在乱石激流和荆棘丛中吮吸月神的乳汁。郊区的酒神女祭司．她们在哭泣，月在燃烧，呻唤号叫。美神走进铁匠和隐士的岩穴。一群群钟塔奏出各族人民的思想意念。建筑在白骨上的古堡也发出不可知的乐曲。世上所有的传说都在发展演变，各种激情跃动冲向市镇。暴风雨的天堂崩毁。野蛮人竟自舞蹈无休无止庆祝夜之庆会。于是有一小时我陷入巴格达大街上骚乱漩涡之中，人群在这里浓烈微风吹拂下歌颂新的劳动的欢乐，风四处吹动也吹不散群山中的幽灵幻影，人们本应留在这群山之中。

　　在这让我安静睡去、让我宁息少动的地方，能不能把那个好时辰还给我，能不能把那善意的手臂伸给我？

流　　落

可怜的兄弟！幸而有他，多少惨怖的夜晚，多亏他在身边守护！"这件事我没有尽心用力做。他虚弱有病我竟没有当它一回事。怪我不是，我们又流落在外，与人为奴。"他猜想我命苦苦得也怪，他想我无罪无辜，也真是出奇，他还讲出不少道理，说得我真是心神不宁。

我一边冷笑，回答这个撒旦医师①，后来我径自走到窗前。就在窗外我幻化出一片郊野，有人分成几队吹奏旷古未闻的音乐，还有未来的夜的华彩中的鬼魂，音乐与鬼魂在田野上穿插来去。

迷茫中我做了这一番有益于健康的消遣之后，就展身躺在草荐上。以后，几乎每夜，我这可怜的兄弟，睡下不久便又起身，嘴烂成一个窟窿，眼珠挂出眼外，——正是他梦中那个模样！——他还把我拖到客厅，嗷嗷吼叫，对我絮絮讲述他那愚蠢透顶的痛苦的梦。

---

① 一八七八年八月，魏尔伦在一封信中说："重读你所知道的那位先生的《彩画集》(Painted Plates)，和他的《地狱一季》一样，我在其中以撒旦医师的身份出现（这一点，是不确的）。"

我怀着一片赤诚,我自承担一定使他恢复太阳之子原始状态,——于是,我们四处流浪漂泊,渴了喝岩洞里的酒①,饿了就吃路上吃的干饼。我自己,我本急于去寻找那应去之地,寻求那必在的理式。

---

① 有研究者认为岩洞里的酒按诗人故乡的方言意思是说泉水。

城　　市①

　　官方的卫城还在扩展已经极为庞大的现代野蛮化设想。天空是固定不变一色灰白，砖石建筑带有帝王气势的光华，地面上铺设的是永不变色的白雪，这就造成白昼暗淡无光。按照新奇的追求巨型的审美要求，古代建筑一切奇迹再现于前。在许多地方，我曾经二十次参观比汉普顿宫美术馆②规模更大的绘画展览。怎样的绘画！还有一个挪威的尼布甲尼撒③下令建造的政府各部门的大梯；我所见到的下属官员人人都赛似婆罗门④那般凶悖高傲，我见到过身形高大的守卫，还见到守在建筑物前的军官，看到他们我就惴惴发抖。在这里人们将屋宇建筑配置成为群体，形成一处处封闭的广场，庭院和平台，钟楼一律排除在外。各处花苑经过绝妙的艺术加工呈现

---

① 与前一首《城市》原题相同。此处可称为城市Ⅱ。
② 汉普顿宫在伦敦地区，十六世纪始建，十八世纪成为王室宫邸，后改为美术陈列馆。
③ 原指新巴比伦国王尼布甲尼撒第二，公元前五世纪时国势隆盛，版图扩张至叙利亚、腓尼基、巴勒斯坦，在位时大兴土木，修建巴比伦城，并为王妃建造空中花园。
④ 据称原手稿此字无法辨认，有人认为应是婆罗门（Brehmanes），有的版本认作是古代高卢首领（Brennus）。

出自然本原景象。高级住宅区有些方面看来令人不可解：出现一处海湾，又不见舟船往来，沿岸设立高大华表，地表铺着蓝玻璃屑层面。有短短的桥梁，直通圣礼拜堂①大圆顶下暗门地道。这个大圆顶是一个直径约有一万五千尺②精工制造的钢架。

大厦与圆柱四周遍布悬空的铜桥，平台，环梯，站在这桥、梯、台上从几个视点我知道可以测度这座大城市的深度有多深！在这样的奇景之中，我也不能估量另一些城区地域是高出还是低于卫城的水平？我们这个时代的外邦人，对他来说，是不可能有这一类知识的。商业区实在是别具一格的带拱廊的circus③。商店是看不到的，车道上积雪踏成泥泞一片；伦敦礼拜日清晨街上闲步而行的人难得看见，这里只有从印度发大财回来的几个阔佬，匆匆踏上装饰着钻石的大驿车。有几张红丝绒坐床：可以坐在上面啜饮极地运来的饮料，价值八百至八千卢比。要想在circus这地方找戏院看戏，我说，这些商店不是已有相当悲惨的戏可供观看？我推想这里有警察局；法律想来一定非同一般，在这里铤而走险这个念头我还是放弃为好。

---

① 因前文提到挪威的尼布甲尼撒，许多注释家对以后有关建筑等均与北欧历史、建筑相连，此处圣礼拜堂认为是指斯德哥尔摩的圣礼拜堂。巴黎也有一座圣礼拜堂，十三世纪起建，尖塔高达七十五米，宏丽优美。
② 过去一法尺相当于三百二十五毫米。
③ 英文，马戏场，或古代罗马的竞技场。

郊区十分漂亮，不下于巴黎一条美好的街市，更有灿灿发光的空气招人喜爱，形成民主基本核心的有重要人物数百人。在这里，房屋与房屋不相连接；很奇怪，市郊在乡野间不知不觉就不见踪迹，"领地"使永恒的西方布满着森林和奇花异木，这些未开化的绅士在其中追逐狩猎，年复一年，在新发明的照明下写成他们的历史。

守　夜

I

这是明澈如光的憩息，是在床上或草坪上的休憩，不是发热病，也不是衰竭萎靡。

是朋友，既不那么热烈有情，也不是软弱卑微。朋友。

是爱人，不折磨人，也不受人折磨。所爱的人。

大气和世界，决非寻求可致。生命。

——就是这样？

——梦转冷了。①

II

建筑物主轴上照明又照亮了。大厅两端，有一些装饰，和

---

① 梦好比是风，风力增强，就变得更冷。

谐的仰视线相交在一起。守夜人正面壁上，是壁檐的心理序列，大气氛围与地质偶发性形成的系列。——梦境激烈紧张又快速闪动，梦中有种种情感的类型，兼有各种表现中种种性格的存在者。

Ⅲ

不眠之夜的灯和地毯发出涛声波动，沿着船体四周和围绕底舱四周，是黑夜。

不眠夜的海，有如阿梅利①的胸腹乳房。

壁毯下半垂着绿宝石色的网饰，不眠夜的斑鸠在那里翻飞跳动。

……

黑洞洞炉火的挡火板，沙滩上富有的太阳；啊！魔法之井；这一次，是黎明惟一一次显现。

---

① 这一女人名字无所指；在原作中与上下多处词语谐"i"音。

神　　秘

天使在山坡白钢和绿玉似的草丛上旋舞,羊毛织成的衣裙回旋转动。

草地放出火焰漫过圆顶山山头。左侧山脊肥沃土地上战争、屠杀正在肆虐,灾祸发出喧声沿着那条曲线四向扩散。山脊右侧后面,是东方,是进步的路线。

这样,这幅图画的上部,是由人性的海洋和黑夜的螺壳跃动旋转发出音响构成。

天空,星辰,以及其他一切,所有如花般的优美温煦,对着山坡像一架大花篮,——正对着我飘落下来,在它下面,展开了一派鲜花怒放,明蓝不见底的深渊。

黎　明

我拥抱夏天的黎明。

宫殿正面，一切都静止不动。水也死去了。阴影驻留还没有从林中路上退去。我从这里走过，唤醒了呼吸律动，温热有力的喘息，宝石在闪闪探视，有羽翼无声地飞去。

小径上已经布满鲜洁暗暗的闪光，这里第一件大事便是一枝花对我说出它的名字。

我对金发的 wasserfall① 笑，她的长发在松树丛中纷乱披散，在银色山顶上我看见了那位女神。

于是我把那面纱一层一层揭去。在林中小路上，手臂还不停地摇着挣扎着。走过平原，我要去通知雄鸡。在大城市，一座一座钟楼，在一座座圆屋顶上，她躲来躲去，逃之又逃，她

---

① 德文，瀑布。

在云石砌成的河岸上就像乞丐那样逃走了，我去追，去追她。

在大路高处，在月桂树小林边上，我抓住她层层面纱把她紧紧裹住，我略略感到她身体硕大。黎明和孩子一起跌倒在树林下。

醒来已经是中午了。

花　卉

　　长长的丝带,灰莹莹的纱罗,绿色天鹅绒,水晶圆盘有阳光下青铜暗淡色泽,在这缤纷交错之间,我从金阶梯向下方看去,我看见那株迪吉塔尔①在银线、眼睛和长发结成的地毯上盛开。

　　玛瑙镶金的构件,桃花心木列柱,支撑着绿玉圆屋顶,还有一簇簇雪白的缎子,一支支红宝石镶成的细杆,围在玫瑰花形泉水四周。

　　就像神明蓝色大眼睛和以雪为形一样,海与天在云石平台上引来铺陈无数刚健初放的玫瑰。

---

① 迪吉塔尔(digitale),属玄参科,多年生草本,全株被有茸毛,叶互生,卵形玉卵状披针形,初夏发花,花多数,成顶生的长总状花序,花冠钟状唇形,上唇紫红色,下唇内部白色有紫色斑点。

通俗小夜曲

一阵风吹来，隔板上如大歌剧热烈喧闹的[①]裂口霍然破开，——吹得锈蚀的屋顶回旋乱转，——吹散了家庭的界限，——十字大窗也翳翳无光。——踏着怪兽形雕石喷水口，顺着常春藤下来，——我走上一驾四轮华丽马车，车上凸面玻璃窗、车内板壁绷着隆起的皮革，还有翘曲变形的软座，表明马车属于什么朝代。我长眠其中的灵柩，孤绝独一，我这类愚蠢的牧人的阴宅，大马车在不见其形的大路丛草上掉头转弯：右侧玻璃窗缺口上方只见淡月的各种形态，木叶丛丛，横山侧岭旋转流动；——一种深绿和一种深蓝侵入意象。来到一片砾石印迹附近，下车卸马。

——这里是不是有人要喝倒彩，是不是欢大风暴，还有所多玛——还有索利姆[②]，——还有猛兽，还有军队，都嘘上一嘘，

[①] "大歌剧热烈喧闹的"原文是一个罕见的词语 opéradique，据说龚古尔兄弟在《十八世纪艺术》一书中曾使用此字。
[②] 《圣经》中说所多玛为罪恶与堕落的城市，遭天火毁灭，索利姆即耶路撒冷。原文在此均为复数。

——(梦中那个骑在四轮马车前导马上的马车夫副手,还有马匹,会不会趱回那闷死人的大森林,把我深深引入如丝的流泉的眼目之中?)

——还是把我们抛到流淌泼溅的水和酒里痛加鞭挞,让我们在群犬包围猖猖狂吠下满地打滚吧……

——一阵风吹来,吹散了家庭的界限。

海

白银黄铜打制的两轮车——
钢和银铸成的船艏——
拍击着浪花，——
掀乱深根古干盘根错节。
荒原上潮流涌起，
还有退潮无边无际的轨迹，
流向东方往复不已，
向着森林支柱涌去，——
向着堤坝的柱柱流去，
光如旋风朝着那突角撞击。

冬天的节日

喜歌剧中小茅舍后面,瀑布溅水声声声入耳。灯彩在果树林,蜿蜒溪流近旁的小路上,无往不在,绵延逶迤伸展开去,——暝色红绿缤纷。贺拉斯①的水仙梳上第一帝国时代②的发式,——布歇③画的西伯利亚环舞、中国环舞。

---

① 贺拉斯(公元前65—前8),古罗马诗人,从倾向共和转而拥护帝制。
② 第一帝国时代指一八〇四至一八一四年拿破仑称帝时期。
③ 布歇(1703—1770),法国画家。

焦 虑

"她"会宽恕我的雄心屡屡横遭挫败,——一个差强人意的结局可以补偿过去贫贱无告的岁月,——一旦成功,就让我们躺在命中注定的无能这种耻辱上安然大睡,——可能不可能?

(棕榈叶①!金刚石!——爱情!力量!——高于欢乐与光荣!——无论什么方式,无论在何处,——魔鬼,神,——这么一个人的青春:我!)

科学的美梦和社会博爱运动生出种种事件,像本原的真诚得以恢复那样,也会受到珍视?……

但是,弄得我们服服贴贴的"吸血鬼"下令叫我们按照它留下的方式戏乐,否则我们就是一批荒唐可笑的角色。

还是到可厌的大气和海洋里血肉狼藉滚上一滚;到害人致命的水与风的沉寂中,酷刑折磨下去滚爬;严刑在对着你笑,就在严刑拷打残酷叫嚣以至沉默无声中翻腾滚跳吧。

---

① 荣誉、胜利的象征。

大都会

奥西恩海上的靛蓝海岬①,经过红酒似的天空漂洗桃红兼橙红的沙滩上,纵横交错架起了水晶石大马路,有淫乱的年轻的穷人家在这里聚居,吃的是蔬菜水果商供应的食物。这里没有有钱的人。——城市!

天上是层层卷卷可憎的浓雾,天空扭曲,延伸,垂落,变成极其阴惨的黑烟,只有服丧的"海洋"才这样黑,从这沥青的沙漠上,头盔,车轮,小艇,马匹,溃乱败退。——战争!

抬头向上看:是拱形木桥;撒马利亚②最后的菜园;暗夜寒风拍击摇晃不定的灯下,尽是涂彩的假面具;河岸下穿花裙憨态可掬的小水仙③;豌豆圃中发光的死人骷髅,——还有其他种种幻象——战场。

许多大道两侧都围上栏栅和围墙,墙里刚好围有许多小树丛,还有那种叫做心和妹妹的残忍的花卉,大马士革惩罚定罪

---

① 据安托万·阿达姆分析,一八七六年兰波爪哇之行,曾见到新加坡,这便是靛蓝海岬所指,乘船返回在苏格兰对面的爱尔兰一港口上岸,所以奥西恩海是指苏格兰与爱尔兰之间的海域。此说无妨作为背景来看。
② 今巴勒斯坦地区中部的古城,《福音书》记有耶稣在撒马利亚行奇迹之事。
③ 此处原指北欧神话中的水仙。

也感疲惫①，——那就是外莱茵地区、日本、瓜拉尼②神仙故事里的贵人占有的属地，只有他们还能接受这种古代音乐——还有一些小旅店，只是这些小旅店永远闭门不开——还有王妃公主，如你不觉过分吃力，还有星象研究——天宇。

清晨，你和"她"，在大雪飞扬下，青绿的口唇，白冰，黑旗，蓝光，还有南北极太阳发出的紫色的芳香，——你们也许就在这里奋力挣扎，——你的力量。

---

① "心"、"妹妹"、"花"在原文谐韵，"大马士革惩罚定罪也感疲惫"原文"Damas damnant de langueur"，音调回应，这是有意嚯弄写诗卖弄文词音韵，并无深意。
② 瓜拉尼，指南美巴拉圭印第安人。

野　　蛮

经过多少白日和季节，还有许许多多人的存在和国土。

血肉淋漓的旗竖立在丝绸一般的海面上，和北极的花丛上；（那是不存在的。）

不要炫耀陈腐的英雄主义——至今它还在冲击着我们的心和我们的头脑——远远避开自古就有的谋杀——

啊！血肉淋漓的旗帜竖立在海洋的缎面和北极的花丛上；（并不存在。）

甘美稳定！

烈焰洒下一阵阵雾凇，——甘美！和平！——我们的心为我们在尘世上炭化成为永恒，我们的心抛洒出金刚石的狂风火雨。——啊，世界！——

（衰老的隐退，至今还听到和感到的古老的欲火，远远避开，）

炽烈的火和白色的浪花。音乐，星体的涡漩和冰体的撞击。

啊，稳定，世界，音乐！那里还有形式，汗水，长发，美目，都在飘浮飞动。还有白色的泪在沸腾，——啊，和平甘美！——还有直抵火山深底和北极洞窟深处的女性的话语。

旗……

大拍卖

犹太人不曾卖掉的,贵族、罪恶还不曾品味过,可诅咒的爱情和地狱中群众的正直所不知的,都要拍卖出去;时代甚至科学拒不确认的一切,也削价出卖;

重新组建的"声音"①;乐队、合唱队全部表现力亲切的展现,连同演奏的瞬间;展放我们感觉意识的时机,一闪即逝的时机!

超出于种族、人世、性别、血统的躯体,无介可沽的"肉身",出卖!每次采取重大步骤涌出的财富,出卖!金刚石,不受控制,大甩卖!

安那其主义销售给群众;无可限制的满足出售给高级的爱好者收藏家;凶险的死亡卖给忠忱的信士和情人!

定居和迁移,出售,体育竞技、梦境和完善的起居设施,出售,还有它们形成的音响、变动和未来,都出卖!

算术的应用和不曾耳闻的和声突变,出售。各种新发现和无可置疑的期限,直接领有权,出售,

---

① 声音(voix),原文兼有愿望、发言权等多重含义。

对于不可见的辉煌荣耀,不可觉的欢乐的希求,那种无止境的疯狂的冲动,还有它对于邪恶使人癫狂的那些隐秘,还有它对民众所具有的可怕的狂欢极乐,都出卖。

"肉身",声音,不成问题的丰足富有,从来没有人能卖出的一切,都出卖。出卖者的大拍卖是没有底的!旅人无需忙于退回他们的委托!

FAIRY[①]

天体空寂静谧，在童贞的阴影与不动情的光照之中，美轮美奂的精气为海伦交汇合一。夏日的炎热付与喑哑的飞鸟，慵倦怠惰需要凭借死去的爱情和芳香下沉的小海湾上航行的悲悼的小舟，这是无价之宝。

——樵女吟唱，樵女总是在树林遗迹下湍流喧声中，在畜群铃声谷中回应交响下，在草原上呼唤声传来，在这样的时刻吟唱之后。——

毛皮[②]与阴影，还有穷苦人的胸怀，还有天上的传说，都在为海伦的童年颤栗。

还有她的美目和她的舞姿，比之于珍奇罕见的光彩，冷酷无情的权势，惟一的美丽的假象，和绝无仅有的时间提供的快乐，更是卓绝超逸。

---

① 英文，仙女之意（托多罗夫认为应是仙境之意）。手稿标题后有"I"字样，表示至少有"II"，但无从查实。
② 七星丛书全集本一九四六年版为"树丛"。

彩画集 | 119

战　争[①]

孩子，某一类天空使我的视力变得精密敏锐，各种性格让我的面目表情富于精微变化。"各种现象"都在激变之中。——现在，时间的永恒的流变和数学上的无限反把我从这个世界上到处驱逐追赶，在这个世界上，我只能容忍一个公民所取得的一切成功，因为异乎寻常的童年使我受到尊敬，还有大量的情好爱恝。——我在设想一场战争，有关权力或力量，有关无从预见的逻辑的战争。

很简单，简单得就像一个乐句。

[①] 据查手稿上"战争"二字前原标有"Ⅱ"字样，一九七二年七星丛书全集本在标题前标出，此处从略。

青　　春

Ⅰ　礼拜日

种种筹谋算计，天上的总归降落于下无可避免，还有记忆的探访，还有各式节律的展现，这一切，充满着人的住所，占据着人的头脑，充斥于精神世界。

——一匹马从郊区赛马场逃逸，沿着种植场和育林地驰去，一匹被瘟疫洞穿炭化结痂的牡马。一个不幸悲惨的女人，属于戏剧的女人，在世上某地，唏嘘悲叹，渴求那似有若无的遗弃。经过暴风雨，经过酩酊大醉，经受重创，亡命之徒也委顿无力。一些小孩在河边岸上诅咒，咒骂得力竭声嘶。——

我们就在这吞噬一切的苦业喧嚣声中再学习吧，这种苦工已在人群中集结，又兴旺盛行起来了。

Ⅱ　十四行诗

体质构成正常的"人"，肉体不正是园中累累下垂的果实，——天真无邪的白昼！肉体是可供任意挥霍的财宝；——爱，是普赛克①的危险还是普赛克的力量？大地有坡地许许多多，富饶如同王公，丰满得像是艺术家，所以血统和种族将我们驱赶投向罪恶和悲哀：这个世界，你们的财富，也是你们的危险。但是现在，艰辛的劳动已告完成，你呵，你的筹谋计算，你呵，你的焦急，缺乏耐性——都已成为过去，剩下的只有你们的舞蹈你们的歌唱，这也不是固定不变的，也决不是被迫的，尽许出自发明与成功的双重结局，——凭借不具形象的万物，作为友爱与审慎的人道，——仅仅只是一个季节；——力量和权力反映着现时惟一可珍视的舞蹈和歌唱。

Ⅲ 二十岁

有教益的话语都被废除……自然人肉体的纯真可悲地变质不再鲜洁新颖……——Adagio②。啊！青春期说不尽的利己主义，勤勉好学的乐观主义：今年夏季，世界怎么有这许多鲜花！乐曲和形式正奄奄死去……——合唱，为的是平息虚脱无力和失神丧志！唱出夜的旋律明彻如玻璃的一支合唱队……神经直在摇晃打滑。

---

① 普赛克，希腊神话中以少女形象显现的灵魂的化身，与爱神埃罗斯相恋不舍，仿佛心灵与爱欲难以割舍。
② Adagio，柔板，慢速。

IV

你依然沉陷于安托万的诱惑①。仍然热衷那缩短了的嬉戏,幼稚的傲慢的邪癖,沮丧消沉和恐惧。

这种苦事你必须去做②:一切完美和谐与建筑术的可能性都在你坐席四周不停地转动。许多完善的、未见过的存在将现形于你的经验。古代人群和闲放无为的豪奢,其珍奇之处也将在你四周汇集涌现。你的记忆和你的感觉将是你创造性冲动的食粮。至于世界,如果你远远离去,世界会变成什么样?现时的外表形迹,无论如何都将不复存在。

---

① 安托万(即圣安托万,251—356),埃及的基督教隐修士,在隐修期中见到种种幻象,经历过种种诱惑。
② 一九四六年版七星丛书全集本此处不另起一行。

海　角

　　灿烂的黎明和颤抖的黄昏发现我们这艘外海双桅横帆船正朝着这座山野中的大别墅和它的附属建筑物航去，这座大别墅还有它的附属建筑物形成长长一列海岬，这海岬不比埃皮鲁斯和伯罗奔尼撒半岛①小，或与日本大岛不相上下，甚至和阿拉伯半岛一样广阔！神殿祭坛，被前来祈求神谕的队列来去照得火光通明；现代海岸防御，视野广阔；沙丘上有繁花装饰如同火烧一般，还有狂欢舞乐；有迦太基式的大运河，还有那很不体面的威尼斯的 Embankments②；有埃特纳火山③喷出的浓浆和开花流水的冰川裂隙；有德国杨树生长在四周的大洗衣池；有垂着日本树树冠的奇特花园分布的坡地；还有斯卡尔布罗或布鲁克林"皇家大旅馆"或"豪华大厦"④呈圆形的建筑物正面；还有专用 railways⑤ 为这种旅馆提供服务，在深度与高层次上从

---

① 埃皮鲁斯（一译伊庇鲁斯），巴尔干半岛古希腊一地区；伯罗奔尼撒半岛亦属希腊。
② 英文，堤岸。
③ 埃特纳火山在意大利西西里岛上。
④ 据考，一八七四年兰波曾去过伦敦地区的斯卡尔布罗，当地确有皇家大旅馆与豪华大厦，其外貌如诗中所写。
⑤ 英文，铁路线。

意大利、美洲、亚洲历史上最华美、极为庞大建设中精选移植而来的各种设施，试看那许多门窗与平台，现在是光线照明无所不在，凉风习习，饮料充裕，旅行者与贵族只要心有所欲便无所不备，这一切，在一日之内任何时间，不论是沿岸一带的塔兰泰拉舞曲，——甚至富于艺术性的谷地流行的间奏曲——无不适用于将"海角大厦"建筑各个侧面装饰得美妙神奇。

演　剧①

古老戏文弦管齐奏，正在上演，分为一折一折，讲的是牧女的娇媚情爱：

露天大舞台上出现几条大马路。

场上崎岖多石，一条木头的 pier② 横贯全场，一群蛮人在几株枯树下来回走动变换队形，表明他们正在进化。

在黑纱做成的长廊下，提灯、持叶的散步人按散步人的步态走动。

扮演角色的鸟③纷纷跌倒在砖砌的浮桥上，群岛摇动着浮桥，群岛上布满看客观众的小艇。

有几场戏由箫鼓伴奏，簇拥在屋顶天花板凹陷处，作出表演，天花板四周有现代俱乐部大客厅或古代东方大厅堂环绕。

剧中表现的仙境，在以矮树林为顶的圆形大剧场最高处表演，——在彼俄提亚④人看来，仙山美景，在晃动着的大乔木

---

① 原题 Scènes，为复数，诗中展现的应是多重演出场景。
② 英文，长堤之类。
③ 据查手稿此处原写作 Des oiseaux comédiens，后划去，改为 Des oiseaux mystères（神秘[剧中]的鸟）。
④ 彼俄提亚，在希腊。

林荫影下，田野农作物锯齿形脊线上，起伏迭宕，由调时时都在变化。

我们坐在由十块隔板分隔火焰翻腾的楼座上，视线参差不一交集在舞台上，舞台上正在上演一出分割成一段一段的喜歌剧。

历史的黄昏

比如说,有一天黄昏,一位心地纯朴的旅游者,从我们所处的这种经济恐怖中抽身退走,以一位大师之手,将羽管风琴弹奏,奏得生机勃勃,绿草地的羽管风琴;在池塘深底之下玩牌戏,池塘也是引来女后和娇女潜形现影的镜子;还有圣女,戴面纱的修女,还有和谐之子,还有夕阳西下映现出独有传说中才有的那种奇幻色彩。

猎队和马队哗然行过,黄昏为之颤栗不已。在草地露天舞台上,戏剧一滴一滴滴落下来。在愚蠢的不同层次上,是穷人和弱者的艰难和困厄。

德意志按照它自身为奴的见识,筑起直通月球的木架;鞑靼人的沙漠放出光华;古代的叛乱在天朝帝国①中心蠢蠢欲动;凭借楼梯与国王的扶手椅②,一个小小的平庸的世界建立起来,这就是阿非利加和西方。随后是一场可知的海洋与可知

---

① 似指古代中国。
② 一九四六年版七星丛书全集本写作"岩石的扶手椅"(fauteuils de rocs);一九七二年版七星丛书全集本按哈特曼(Paul Hartmann)提出的变文,改为"国王的扶手椅"(fauteuils de rois)。

的黑夜的芭蕾舞,还有某种毫无价值的化学,以及种种不能成立的旋律。

不论在什么地点,邮车能带给我们的无不是同样的布尔乔亚妖术!人的这种氛围环境,连最起码的物理学家也认为不可忍受,这种有形的、物质的、肉体的悔恨之雾,只要一想,就是一种痛苦。

不,不!——闷热窒息的气候,海洋的消退,地下火的燃烧,行星的失踪,由此引起的灾变毁灭,这一切究竟什么时刻发生,《圣经》和诺尔娜女神①心怀叵测都没有确凿指明,这件事严肃认真的存在,今后必须认真对待。——不过,这决说不上是古代传说留下的后果!

---

① 日耳曼神话中预知过去、现在、未来的三位命运女神。

波　　顿[①]

现实对于我伟大的性格来说未免太棘手，不好办，——不过，我在我贵妇人府上，变成一只灰蓝色巨鸟，对着天花板线脚飞去，在黄昏暗影中拖着一双下垂的翅膀。

在镶着她极喜欢的珠宝和表现她形态的杰作的华彩床盖下边，我又成了龇着紫红牙龈的熊，因为悲愁一身长满髼髼毛发，两只眼睛底下有水晶白银底座托住[②]。

一切都成了阴影，成了热汽蒸腾的大玻璃鱼缸。清晨，——尖口利舌爱吵闹的六月的黎明，——我跑到田野上，我是一头驴，拿我的冤苦张扬叫嚷，直叫得郊区萨宾姑娘[③]都跑来投入我挺着驴胸的怀抱。

[①] 据查手稿，标题原为"变形"，后划去改作"波顿"。波顿是莎士比亚《仲夏夜之梦》中人物，他因受魔法变形成为驴。这首诗写三次变形。
[②] 床边铺在地上的熊皮毯。
[③] 萨宾人当时居住在意大利中部地区。

H[①]

任何畸形怪诞都有背于奥尔唐斯的残忍气度。她的孤独是情欲的机制,她的慵倦怠惰,是情爱的动力。在童年的监护下,她就已经是许多时代以来众多种族热烈赞赏的卫生之道。她的大门向着灾难敞开。因此,人的道德现在已告解体,转化成为她的情欲或她的行为。——啊,在满是鲜血的地面上,在煤气灯照明下,不很老练的爱情惴惴颤栗!找奥尔唐斯去。

---

① H即诗中所说的那个女人奥尔唐斯(Hortense)。

动　荡

江流涌下一匹白练在峭壁上震荡，
舼柱下卷起漩涡，
涌浪疾速倾下，
狂流一闪即逝，
兼有奇光闪闪
和变化生成的新奇
在山谷涌流和旋风中
将旅人裹挟而去。

他们是世界的征服者
探寻人的多变的机运；
行程中有安适也有竞技；
他们在这条大船上
种族、阶级、牲畜的培育术一起带去。
洪水时代的光，
可怕的彻夜探索学习，
有晕眩也有休息。

航海设备中间的交谈，——血；花卉，火，珍奇——
数据也受到骚扰船行如此迅疾，
——他们探索设计的储存由此可以看见——傍航道
　　外长堤光怪陆离
翻转滚动光照无边无际；
从和谐的沉迷
和发现的壮举追索前去。
出于大气噪扰最惊人的偶然，
两个青年隔绝在方舟上，
——古代蒙昧时代的孤独可否体谅？
他们在守望，他们在歌唱。

虔敬之心

，

献给沃林海姆的路易斯·瓦纳安，我的修女：——她那顶圆锥形修女帽指向北海。——是为死于海难之人。

献给我的修女阿什比的莱奥妮·奥布瓦。敬礼！——盛夏正在抽芽和散发臭气的草。——是为母亲和孩子染上热病。

献给吕吕，——魔鬼——她依然对"女友"时期礼拜聚会兴致勃勃，她受的教育并不完善。是为了一些男人！献给某某某夫人。

献给我过去的少年时代。献给这个神圣的老家伙，隐修士的居所或传教士的驻地。

献给穷苦人的思想。还献给一位身居高位的教士。

同样也献给信仰，那样一处纪念性礼拜场所和根据一定时期或我们自己严重邪恶所向往非屈从不可的那一类事件中的崇拜。

今晚，献给属于高大冰体的西尔瑟托，肥得像一条鱼，红得像长达十个月的红夜，——（她的心琥珀黄和 spunk），——这是为我这仅有的无声的祈祷，如同这比北极的混沌还要强烈的夜的区域和英勇无畏的先例。

不惜一切代价并且连同所有的空间，甚至在某些形而上学的旅程中。——但是现在一切都完了。①

---

① 此诗一八八六年发表，原稿今已不存。安托万·阿达姆认为全诗表现某种出自内心的祈祷，超越空间指向不可知，但不是诗人自幼精神上受到沉重压抑的那种宗教，因为"现在一切都完了"，但依然需要一种"不惜一切代价""连同所有的空间"的信仰崇拜。第一节诗中沃林海姆按词源推断应处于佛兰德、比利时或荷兰地区。其中修女一般在医院中担任护士；路易斯·瓦纳安似是佛兰芒人，所以戴一顶指向北海圆锥形帽子，有注释者甚至臆断她是布鲁塞尔圣约翰医院的护士，一八七三年七月曾经护理被魏尔伦一枪打伤手腕的兰波。第二节，据说英国有十几个地名叫阿什比，莱奥妮·奥布瓦却是一个法国女人的姓名，这位奥布瓦也是修女兼护士。第三节中吕吕，有人认为暗示魏尔伦，又说这个女人所受教育不完善，可能是指某一同性恋者，诗中提及"女友"时期似与魏尔伦情诗集《女友》有关，所以诗中打发吕吕到男人那里去，以医治她的那种病。同一节末尾献给某某某夫人，据称可能属于另一节，不应与吕吕相混。第六节纪念性礼拜场所，据说是从英国人说的 memorial place of worship 而来，即教堂。倒数第二节中西尔瑟托注释家查考无获，但判定是一个女人；其中英文字 spunk 系安托万·阿达姆所定，意为火焰，暴躁易怒；一九四六年版七星丛书全集本写作 skunks，并注明一八八六年发表与一八七二年出书版本中写作 spunck 或 spunsk，不可解，故定为 skunks（臭鼬）。又，所谓高大冰体、夜的区域、极地的混沌，与这首诗前后、与其他诗作相对照，大体是指北极而言。

民　　主

"这面旗帜，与这种淫邪下流的风景十分相配，何况我们讲的方言，也压倒了鼓声。

"对议会中间派我们将提供最最无耻的叛卖。我们还要屠杀完全合乎逻辑的叛乱。

"对于淫秽、软弱的国家，也行！——对于规模极大极其可怕的工业开发或军事扩张的服务，也有。

"在这里，不论在什么地方，再见。作为怀抱一片赤诚自愿的新手，我们有我们的残酷哲学；对于科学，我们无所知，对于安逸，我们只有放纵；世界还在运转，就让它崩溃瓦解吧。这才是真正的运行。前进，开路！"①

---

① 据安托万·阿达姆分析，这是一位士兵在讲话，并说一八七六年兰波曾参加荷兰外籍军团前往爪哇，这首诗与之有关。又说判定《彩画集》全部诗作于一八七四年写成是武断的，以此表明这首诗与诗人一八七六年爪哇之行不相抵触。

守护神

他就是情爱和现时,既然他让房屋向水沫淋漓的严冬和夏日的喧嚣敞开,他还净化了酒和食物,他,他就是各种场合消逝时呈现的那种魅力,和在许多驻地出现的超凡的快意。他就是情好和未来,力量和爱,这就是我们站立在愤怒和愁苦中从布满风暴的天空和沉迷的旗上所看到的。

他就是爱,完美的度量,重新发现的节律,不可预料的绝妙的理,他是永恒:受到钟爱的人,资质已由命运决定的机器。他的特许以及我们的退让,我们所有的人都对之感到惊恐惶怖:啊,我们的健康带来的快乐,我们的官能的躁动,自私的情爱和因他而起的激情,他,他爱我们,他为了他无限的生命在深深爱着我们……

我们叫他回到我们身边来,可是他远行在外……如果"崇拜"不复驻留,那就来吧,来,许诺就要降临:'这种种迷信,这古老的肉体,家庭和人生,都去吧。已经沉落消失的是这个时代!"

他不会离去,他没有走,他不会从天上走下来,赎回女人的愤怒和男人的欢乐以及所有这一类罪恶,他将不会履行承担的责任：因为这是既成事实，他就是他，他依然被爱着。

啊，他吹出的气息，他无数的头颅，他的行程；形式与行为之完美，这种完美所有的那种可怕的速度。

啊，精神的富饶和宇宙的无穷！

他的肉身！绝妙的形蜕，混有新的暴力的美雅的碎裂损灭！他之所见，他的视线！身后随之而起的是古人的匍伏拜倒以及种种痛苦。

他的生命！就是从最强烈的乐曲中将激荡响亮的痛苦废除。

他的足迹！比古代历次入侵规模还大的迁徙。

啊，他和我们！骄傲，比已失去的仁慈更加宽厚的桀骜不驯。

人世啊！还有新出现的灾祸，还有那明快的歌唱！

他认识我们所有的人，他爱我们所有的人。要知道，今夜，在这冬天的夜里，从海岬到海岬，从汹涌澎湃的极地到城堡，从人群到海滩，从这些方位视角到另一些视角方位，力气已告疲乏，情感已经厌倦，要拳起手来叫他，喊他，看他，再送走他，还要潜在潮汐之下，从雪原之上，追踪他的视线，他的呼吸，他的肉体，他的生命。

《彩画集》题解

Illuminations(《彩画集》)第一次出现,见之于魏尔伦致夏尔·德·西弗里(Charles de Sivry)①信中,据魏尔伦称 Illuminations 是一个英文语词,意思是彩色版画,兰波本人也曾以 Painted plates 两字作为这些诗作的副题;英国研究者对此有不同看法,认为 Illuminations 作为英文并非彩画之意;既然诗人自己对这一词作彩画解,所以一般认为尊重诗人本意为是。

过去版本均将《彩画集》排列在《地狱一季》之前,也就是说,这一组诗作写于布鲁塞尔事件(即兰波与魏尔伦争吵)之前。近来,有一些版本编订家有不同看法,将《彩画集》改在《地狱一季》之后,因为《彩画集》中各篇并非全部一律写于《地狱一季》之前。

但究竟写于何时,已无从查证,原手稿分别写在一些不同纸张上,没有编注页码,将其收集在一起是何时、何种情况下均无从查考。一八七五年五月,魏尔伦写信给德拉阿伊说兰波

---

① 魏尔伦的亲戚(内兄),一文学刊物的主编。夏尔·德·西弗里原来是魏尔伦的朋友,一八六九年魏尔伦向西弗里的同母异父妹妹玛蒂尔德·莫泰求婚,一八七〇年八月十一日二人正式结婚,夏尔·德·西弗里从而成了魏尔伦的内兄。

要他把其所写的散文诗寄交热尔曼·努沃(Germain Nouveau),努沃当时在布鲁塞尔,当时他受托将之印刷出版。可注意的是魏尔伦没有说兰波曾将这些诗交托给他。事实上,诗是在魏尔伦手中,所以兰波才要求他把诗寄给努沃。而且魏尔伦在这里没有使用 Illuminations 这个字。人们可注意:如果这个以此为题的集子已经存在,并且在他手中,他一定会提到这个集子。现存在集子中的这些诗,不应认定一八八六年出版的集子在一八七五年便已组成一集。甚至可以说,细加考虑,情况肯定相反。热尔曼·努沃受兰波之托把他的散文诗出版,那么他就应取得全部诗作。但是魏尔伦手中却掌握了另外一些篇章,所以兰波才要求他把那些诗寄到布鲁塞尔,以便使这个集子集齐。

三年之间(即一八七五年至一八七八年),是一个空白,证据和资料都缺失。直到一八七八年八月,Illuminations 这个词才在魏尔伦致夏尔·德·西弗里信中出现。西弗里曾把 Illuminations 借给魏尔伦,而魏尔伦对此原已知道,这时又重读了。他发现其中有很动人的诗作,也有让他感到抵触的作品,他同意在十月将《彩画集》寄出。

我们不知道兰波的这些散文诗形成为一部作品又经过什么转折来到西弗里手中。是魏尔伦使研究者走上歧途的。在一八七五年,魏尔伦说,这肯定是真实的,兰波曾经要求他把这些在他手中的散文诗转给热尔曼·努沃;十一年以后,在一八八六年他说兰波在斯图加特把《彩画集》的手稿交托给"某一人来保管"。

他并未说这个人就是他自己,而是谨慎地只是让人这样理解,从此以后这个集子的历史渊源就变成是无法解释的了,因为谁也说不清手稿何以在一八七八年成了夏尔·德·西弗里的私有物了。

面对这种困难情况,研究者设想兰波与西弗里曾经在斯图加特相遇,因而自此以后拥有《彩画集》的那个神秘人物就不是魏尔伦而是西弗里了。但是这一设想是没有根据的,是不能成立的,布伊阿纳·德·拉科斯特曾向西弗里的女儿探询,她的回答是可以保证她的父亲从来不曾去过德国:不仑某些研究者怎么不愿意,这样一个证据是规避不了的。

皮埃尔·珀蒂菲兹曾查明,从一八七五年至一八七八年,魏尔伦与努沃曾经会见,另一方面,魏尔伦与西弗里也会过面。一八七五年五月十日,魏尔伦与努沃曾在伦敦见面,魏尔伦曾跋涉三百五十公里去看他的朋友,可见他们会面是有重要理由的。一八七七年八月,努沃曾到阿腊斯(Arras,法国加来海峡省城市,魏尔伦住在此)与魏尔伦住在一起过了几天。几个星期之后,魏尔伦到了巴黎,又与他的内兄西弗里建立关系。在这样的接触中,有理由推断,兰波的散文诗已由努沃手中转到魏尔伦的手中,后来又转到西弗里手中。努沃简单地说曾转与,甚至直接将《彩画集》原稿交给西弗里,这一点如果认可,那么所有困难不解之点也就消散不存在了。人们对于这二人在一八七五年末往来关系不断没有给予足够的注意。夏尔·德·西弗里是《巴黎铜版画》杂志(Paris à l'Eau forte)发行人,

彩画集 | 141

与里夏尔·莱斯科利德（Richard Lesclide）主持的铜版画书店有密切关系。这个书店在当时是尼纳·德·卡利阿斯社团（Groupe de Nina de Callias）聚会地点之一，热尔曼·努沃是这个社团的成员。努沃曾经和魏尔伦的内兄谈起兰波的散文诗并且将之送给他看，这是不难想象的。

所以一八七八年，兰波的诗是在西弗里手中。他在八月间将诗稿借给魏尔伦，魏尔伦在九月底又还了给他。所以到一八八〇年魏尔伦从事出版《受诅咒的诗人集》（Poètes maudits）时，写信给西弗里再次索要他所掌握的这些手稿以及其他诗稿。一八八一年一月二十八日，他在给西弗里的信中说："我一直在等着要这些诗，以及《彩画集》"。但徒劳。一八八三年十一月在《受诅咒的诗人集》中他恼怒地写下这样一句话："一组瑰丽的诗篇，《彩画集》，我们担心，已告遗失。"（Une série de superbes fragments, les Illuminations, à tout jamais perdues, nous le craignons.）其实他并不担心，他是企图在了解情况的人眼中刺激一下，以引起注意，或者是有意刺一下西弗里的别有用心。

一八八四年九月，魏尔伦委托莱奥·多尔菲尔（Léo d'Orfer）再一次向西弗里索要他所需要的稿子。仍然不起作用。一八八六年居斯塔夫·卡恩（Gustave Kahn）向魏尔伦强烈要求取得兰波的原文以便在《时式》杂志（La Vogue）上发表。这时魏尔伦又另找了一位朋友路易·勒卡尔多纳尔（Louis Le Cardonnel，也是西弗里的朋友）设法。勒卡尔多纳尔写信给西弗里，西弗里于一八八六年三月十二日复信，说他无暇接待勒卡尔多纳尔，不过手稿是在他那里，他可以来取。

勒卡尔多纳尔把原作拿到手又不急于转交魏尔伦，他也是太忙。居·卡恩等得不耐烦了。四月四日勒卡尔多纳尔给他写了一个短笺，说手稿放在勒卡尔多纳尔一个朋友和邻居路易·菲耶尔(Louis Fière)那里，可以来拿。四月十一日，《时式》杂志公告说下一期刊出《彩画集》。

就我们所了解到的这些可以肯定的事实，这样一段曼长头绪混乱的故事经过，结果是这部作品形成的理论至今仍然是不得证实的假设。《彩画集》作为一个集子最后形成考定在一八七五年那就必须盲目地承认魏尔伦事后搞出来的含混不明的故事，即同年五月魏尔伦写给德拉阿伊信。我们既不知道热尔曼·努沃手中所有的原件，也不知道魏尔伦寄给布鲁塞尔的努沃的原件，更不知道一八七八年这个集子的形成，那时这个集子又是掌握在夏·德·西弗里的手中。对于《彩画集》原作文本的研究不可能依靠有关手稿的写作历史的任何理论。

关于《彩画集》原作文本

一、手稿

居·卡恩发表在《时式》杂志上的《彩画集》原稿是由一

卷纸组成的，"散页的，没有编页码"(feuilles volantes et sans pagination)，这是当时受卡恩之托将原作编辑的费利克斯·费内翁(Félix Fénéon)对布伊阿纳·德·拉科斯特说的。诗写在不同的纸上，墨水的墨迹亦各不相同，可以推断原作不是在惟一一段时间内写的或抄录的。同年《时式》又出版单行本，汇集发表计三十八首诗。

不久，又找到五首诗，于是构成《彩画集》全数四十三首这个数字，新找到的五首是：《Fairy》、《战争》、《守护神》、《青春I》、《大拍卖》。一九一四年《法兰西水星》杂志(Mercure de France)上有一篇无署名的文章，说这五首诗来自夏尔·德·西弗里，是交给瓦尼埃(Vanier)为一八九五年出兰波全集的(莱奥·多尔菲尔与夏尔·格罗洛 Charles Grolleau 编)。

全集出版，原手稿陆续失散。其中三十三首手稿后来全部归属于吕西安-格罗克斯博士(docteur Lucien-Graux)所有，现存国家图书馆。另六首列入皮埃尔·贝雷斯(Pierre Bérès)收藏，另一首属盖利奥博士(docteur Guelliot)所有。其中《虔敬之心》与《民主》遗失不存。《青春II，III，IV》原手稿不存，但复制品存夏尔维尔兰波纪念馆(le musée Rimbaud à Charleville)。

二、出版(版本)

《彩画集》第一次发表在《时式》杂志上(一八八六年五至

六月号)。其中仅包括当时所能得到的各篇作品,编排形式即为费利克斯·费内翁所定的顺序。

同年(一八八六年),《彩画集》又由旪式出版社出单行本。各篇编排又有变化,因为费内翁在刊物上发表时可以那样编排,出版单行本,出版家也可以不顾兰波的本意另行编排而不受责备。

此后,一八九二年和一八九三年版本也按一八八六年编的顺序出版。

一八九五年瓦尼埃版兰波全集本中《彩画集》增加了五篇新找到的作品。

一九一二年帕泰尔纳·贝里雄又一次改变了各诗的编排顺序。

一九四九年布伊阿纳·德·拉科斯特为法兰西水星出版社编了一本《彩画集》评注本,除皮埃尔·贝雷斯所收藏的六首以外(当时还不可能见到),拉科斯特对手稿作了精细考察研究重加订正。

一九五七年善本书社(Club du meilleur livre)版才将上述六首诗(即皮埃尔·贝雷斯所收藏的)按真本校订发表。

三、诗的组成

如果德拉阿伊没有骗我们,那么就不应认为兰波原不曾打算在巴黎写散文诗。如可信，那应是一八七一年春，甚至也许是一八七〇年十一月，兰波因受到波德莱尔散文诗的鼓动也想一试。

后兰波来到巴黎，在他所接触的文学家社团中，当时散文诗也是十分时兴而流行的。魏尔伦、夏尔·克罗（Charles Cros）、福兰都写散文诗。当时有两家杂志《艺术家》（L'Artiste）以及后来的《文艺复兴》（La Renaissance littéraire et artistique）都愿意发表散文诗。

兰波肯定写过这种短小的散文诗，这是已经得到证实的。在到比利时之后，我们已知魏尔伦对兰波写这种散文诗感到不安，魏尔伦曾将兰波写的散文诗丢在尼科莱街（rue Nicolet）住处，并且后来让勒佩尔蒂埃（Lepelletier）又去找回。后兰波还写有这种诗篇，并将之交托给魏尔伦。魏尔伦在一八七三年五月曾写信给兰波："你不久就会拿到你的那些零星篇章。"人们肯定不能断言《彩画集》中哪几篇是比这更早的时期写的。但是，也没有人能够肯定早于一八七三年的诗作一篇也没有。

长期以来批评界一直认为《彩画集》写于《地狱一季》之前，今天批评界却认为《彩画集》全部写于布鲁塞尔事件之后，即一八七三年七月至一八七五年二月。根据是魏尔伦的一句话，这句话一直没有引起重视。魏尔伦在他一八八六年写的《〈彩画集〉序言》中说："我们向读者献出的这本书写于一八七三年至一八七五年间。"史家在当今从中得到的言之成理的结论比过去的说法可争议处也许并不见得少些。

魏尔伦所提出的写作时间与许多事实所建立的时间相符合，这是确定不移的。如《海角》（Promontoire）一诗必是在兰波于一八七四年斯卡巴勒(Scarborough，英国英格兰北部城市，在北约克郡)之行以后写的。昂德伍德（Underwood）已经查证《彩画集》中有许多很有特点的英语外来语或英语表达方式，说明兰波对英语已具备相当的知识，而在一八七二年他还对英语知之甚少。还有一个事实是，有些人认为，《彩画集》原稿中有许多段落出自热尔曼·努沃的手迹，这当然不能对诗作本身有什么证明，但它能更好地说明这两个年轻人在一起时，《彩画集》中某几首诗是在这时写的。

如果由这样一些事实确定旧的编排系统是难以成立的，并证明兰波在布鲁塞尔事件后继续写散文诗，那么，同时也不能排除在布鲁塞尔事件之前在巴黎和伦敦他也可能写散文诗。同样也不能排除这样的假定：即有一小部分诗作也可能是后来纳入这个集子的，或者是先前的旧作兰波又加一些修改也归入此集。对于这个集子我们缺乏所知，不准许对这些诗的构成日期提出系统的观点。

片断与残稿

爱的沙漠

致读者

　　这里的文字系出自一位青年,年轻"人"的手笔,他生长于何处不知,不论何处都行;没有生身之母,也没有家乡故土,人所知的一切他全无所计虑,任何道德力量他都远避,就像许多可悲的青年人曾经做过的那样。不过,他,他是这般烦恼苦闷,这样困扰惑乱,以致只有走向死亡这一条路.正像陷入那种可怕的致命的羞耻心一样。因为不曾爱过女人,——尽管血气充溢!——他也毕竟有他的灵魂和他的心,他的全部力量,他是在奇异可悲的谬误中成长起来的。梦幻于是接踵而至,——他的爱情!——来到他的眠床之上,来到街头,而且接连不断,又各有结局,甘美宁静的宗教敬畏之情由此滋生——或许人们可能还记得传说中伊斯兰教信徒持续不断的睡眠,——而他是勇敢的,还受过割礼!佀是,这种奇异的痛苦有一种令人不安的威力,因此应该竭诚祝愿我们中间这个迷途的灵魂,这个一心求死的人,应该此时此刻就获得应得的庄严慰藉!

爱的沙漠

一点也不错，是那里的乡野。是我家父母乡村的居舍；是那个客堂间，大门的上方是焦黄的羊角，还挂着兵器和雄狮盾牌。晚餐，专有沙龙一间，里面点着蜡烛，摆着酒，还有乡下细木护壁板。餐桌非常之大。还有女仆！有那许多，我记也记不清。——还有我的一位旧友，是教士，一身教士穿着，现在：那是为了好更加自由一些。我还记得他那间紫红色的居室，窗上糊着黄纸；还有他的书籍，深藏密敛不使人知，早已抛到大洋里泡烂了。

我么，我是被遗弃的没人理，这乡野无边无际，就关在这房屋里：在厨房里看书，在家主面前弄干我衣上的泥，坐在客厅里闲谈漫语：上个世纪一早一晚挤牛奶喃喃低语让我感到激动，激动得要死。

我这是在一间很暗很暗的房间：我在干什么？一个女仆走近身边：我可以说这是一只小狗①；她虽说生得娇美，还有一种我说也说不清的母亲那样的高贵：纯洁、知心，多么迷人！她紧紧攥住我一个手臂。

---

① 据安托万·阿达姆分析，大家在《言语炼金术》中就已读到过："一个存在着的人，我认为应该给予他多种其他的生活。这位先生所作所为如此，他并不自知：他可以算是一位天使。这类家庭其实是一窝狗。"

她的面貌我甚至全都忘记：那不是让我记住她那令人难忘的手臂，我两个手指捏着她臂上肌肤揉来搓去；也不是她的嘴，好比我的嘴噙住一次小小的朦胧的模模糊糊的失望，是有一件什么东西不停地在被毁去。我把她推倒在靠垫和船上帆布堆成的箩筐里，在墙角暗处。只记得她带白花边衬裤，其他都已忘记记也记不起。——后来，绝望啊，隔板模模糊糊变成了树下阴影，我沉陷在黑夜情爱的悲哀之下销毁不继。

这一次，是在城里见到的"女人"，我和她说了话，她和我也说了话。

我这是在一处不见光的房间。有人告诉我说她买到我这里；我在我的床上见到她，完全属于我，不见一线光！我非常震动，大为激动，因为这是在我家族的家宅里；焦急兼痛苦！我穿得破破烂烂，我，可是她，上等社会衣装，她自愿委身；她该给我滚！无名的痛苦，我把她抱住，她跌下床去，几乎身裸体露；无法说的软弱无能，我也跌落在她身上，黑暗中我拖带她在地毯上滚。家里的灯在隔壁房间一间间变得红光闪闪。女人这时消隐不见。我哭出的泪水上帝要我流的也没有这么多。

我走出家门去城里，没有目的。疲惫啊！我湮没在沉沉无声的夜和幸福遗失之中。这就像冬夜，一场大雪必定闷死了世界。朋友我向你们呼救：她在哪里，朋友的回答都是虚假。我来到她每天夜晚都要来的玻璃门前；我在沉陷地下的花园中匆匆奔走。人家把我斥退，把我赶走。对这一切，我只有号啕大哭。最后，我还是往下走，走到一个充满灰尘的去处，我坐在木架上，我让我身体里所有的泪水连同这一夜倾泻一尽。——我的衰竭由此永远滞留不去。

我明知她有她每天的生活；我理解善意的周期将比一颗恒星行程遥远。她没有再临，将永远不会再来临，我崇拜的女人，她毕竟曾经来过，——这我自始就不曾料到。——真是，这一次，我哭得比全世界所有小孩哭泣还要多多。

《爱的沙漠》题解

兰波的朋友德拉阿伊在所著《兰波，艺术家与有德之人》(Delahaye: Rimbaud, l'artiste et l'être moral，Messein, 1923)中写道："在这一年春季（一八七一年），还应提及兰波在文学创作中着手的一种样式，这种文学样式后来他进一步推进更有发展。阅读波德莱尔促使他也试图写'散文诗'。他写了题名叫作《爱的沙漠》开始的部分。"德拉阿伊接下去说，他在一九〇六年收到乔治·莫尔韦尔（Georges Maurevert）上述散文诗的手抄文本，即转交给《巴黎与香槟文学》杂志的主编，一九〇六年在杂志上首次发表。这便是至今人们所知有关《爱的沙漠》写作背景的惟一依据。德拉阿伊明确指出此诗写于一八七一年；兰波研究专家布伊阿纳·德·拉科斯特认为写作时间应是一八七二年；又据诗中某些字句带有宗教色彩，又有人认为写于一八七三年。写作时间无法确定。

直到一九五六年，包括七星丛书兰波全集一九四六年版，除《致读者》外，两段诗文前后排列均与一九七二年安托万·阿达姆编注七星丛书兰波全集本不同。据说，原手抄本正反两面各占一页并均有标题，而两段诗文写的是两次梦境，自成一体，不是前后相续的关系。今按安托万·阿达姆全集本排列。

彩画集 | 155

福音散文

在撒玛利亚,许多人都表示对他是信的。他并没有见过他们。撒玛利亚成了暴发户[背信弃义],自私自利,[引以自豪],对新教戒律法规遵守之严超过犹太对古代律法的遵从。在那里,普遍的富有不允许出现那种见解高明的争论。在那里,花言巧语的诡辩把他们,照例是奴隶和士兵,欺瞒哄骗,随后又将为数众多的先知斩尽杀绝。

这是不祥之言,也就是泉水边那个女人说的那个话:"你是先知,你知道我以往做过什么事。"

男女人等过去本来都相信先知。现在人们只相信政治家。

距这异邦城市不过两步之遥,他若是被当作先知,事实上于它也不会有什么危害,可是他在这里出现竟显得如此古怪异常,他究竟要干什么?

耶稣对撒玛利亚无话可说,不可能说什么。

加利利地方空气清新宜人,居民怀着欣喜好奇之情接待他,他们曾亲眼见到他为神圣的愤怒所震动,用鞭子打了圣殿中兑换银钱的商人和卖牛羊鸽子的人。这真是面无血色愤懑生怒的青春的奇迹，他们对此都深信不疑。

他感到他的手让许多戴着指环的手拉着，还有一位大臣用口唇吻了他的手。那位大臣倒身跪在尘埃之上，他的脑袋虽说已经半秃，但是甚为可爱。

车辆［在城里］狭窄街道上往来如梭；对这个城镇来说，人马如此繁忙动荡显得相当过分；这天夜晚，想必一切都是令人满意的。

耶稣缩回他的手：他这一动作有着孩子和女性那样一种自尊自重："你们啊，你们没有看见神迹奇事，你们总是不信。"

耶稣这时还不曾做出奇迹。他在一次婚礼上，在一间挂红缀绿的餐厅里，曾经声音略略提高，同圣母讲过话。可是，关于迦拿的酒，不论是在迦百农，在市场上，还是在河岸码头上，都没有人谈起过。也许镇上有钱的人谈过这件事。

于是耶稣说："回去吧，你的儿子活了。"大臣立身起来，走了，好像身上带着什么分量也不重的药品走了，耶稣继续在少有行人的街道上穿行走去。［开黄花的］旋花植物，还有琉璃苣，在铺路石缝隙间放出新奇的光彩。最后，他望着远处散满尘土的草原，草原上有金黄的花蕾，有小雏菊，正在向白昼祈求恩宠。

毕士大，近旁列有五条回廊的水池，本是烦恼的一个集中地点。它仿佛是一个阴森不吉的洗衣池，常有雨水灌注，乌黑肮脏，阴惨惨的；乞丐成群，在内侧石阶上焦躁不安地走动，——地狱的雷火，暴风雨的先兆，把大石阶照得一片惨白，在乞丐瞎了的蓝眼睛上，在缠裹他们残肢断臂的蓝白破布上，电光在那上面闪耀嬉戏。啊，这就是军队的洗澡房，老百姓的洗身池。池水永远是乌黑的，残废人做梦也不愿到水中去浸洗。

耶稣就在这里为那些污秽可憎的残废人第一次采取了重大行动。有一天，那是在二月，三月，或者是在四月，下午两点时分，太阳射出一道大镰刀形的光芒，铺展在这沉陷的水面上。我因为在这些残废人身后远处，我能亲眼看到这特有的光芒从树上的芽苞、晶石、蠕虫唤起的一切，在这反光照耀下，那反光犹如一位白衣天使侧身而卧，我看见一片淡淡的白影在那里不停地摇曳晃动。

所有的罪恶，魔鬼的纤弱又固执的后代，竟使这些人变得比恶鬼还要可怕，这是就敏感的心灵而言，他们也愿意跃入水中洗一洗。残废人跳下水去，这不是开玩笑；是一心要去的。

据说，先下水的人走出来百病尽除。但是，不，不是。罪恶又把他们抛回到石阶上，强使他们另寻去处：因为他们的"魔鬼"在不能确保有施舍的地方是不会留下的。

正午时分一过，耶稣立即下水。没有人会那么傻也跟着他下去。阳光照进水池，泛出像葡萄园最后枯落的叶片那样的焦黄色。神的圣者倚着石柱在那里站身：举目注视那些"罪恶"之子；魔鬼伸出他的舌头化作他们的舌头；对着人世哈哈大笑，或矢口否认。

那个"疯瘫人"原是侧身躺在地上的，这时突然站立起来，他们，被罚下地狱的"罪人"，他们眼看着他迈出非同寻常的坚定脚步，穿过回廊，走进城去，不见了。

《福音散文》题解

　　福音散文三节并不是兰波拟定的题目。因说福音书耶稣行奇迹事故名。第一节"撒玛利亚"与第二节"加利利"原手稿是写在《地狱一季》第一部分《坏血统》草稿纸张背面，第三节"毕士大"写在《地狱一季》第二部分《假皈依》（后改为《地狱之夜》）草稿纸张背面。《地狱一季》写于一八七三年，诗人将《地狱一季》修订重抄送出排印，草稿留下，因此福音散文三节原手稿得以保存下来，并可断定也是在一八七三年与《地狱一季》同一时期写成。据兰波研究学者皮埃尔·珀蒂菲兹证明这三节福音散文是在计划写《地狱一季》前写成的，故写作日期应定在一八七三年三月之前。这三节散文原手稿字迹难以辨认，多有涂改，当今版本中确定的文本系由布伊阿纳·德·拉科斯特订正，保罗·哈特曼（Paul Hartmann）在他的善本书社版本中又加改善而成定本。

　　这三节原稿原属魏尔伦所掌有。后魏尔伦曾将兰波手稿交托给他的朋友卡扎尔（Casals），以期将之转交瓦尼埃，兰波全集最早即由瓦尼埃出版，但这三节散文当时并未收入。其中第三节"毕士大"经帕泰尔纳·贝里雄于一八七九年九月一日一期

《白封面》杂志上发表。另两节由 H. 马塔拉索（H. Matarasso）和布伊阿纳·德·拉科斯特于一九四八年一月一日在《法兰西水星》杂志上刊出。长期以来，人们对原稿上毕士大一词误读作"这一季节"，因而认为这一节文字是《地狱一季》引言，这一误解是由布伊阿纳·德·拉科斯特纠正的。"毕士大"一节在一九四六年版七星丛书全集本中列为《彩画集》最后一篇，一九七二年新版七星丛书全集本已予改正，另列为《福音散文》。

撒玛利亚、加利利均为今巴勒斯坦地区古代地名、城市名，毕士大在加利利，耶稣本为加利利人。第一节中说撒玛利亚信奉新教，这是有意利用时代错误暗指十九世纪工业资本主义英国，诗中"背信弃义"一词，似出于法国指称英国的惯用语 la perfide Albion，可以为证。泉水边的女人事见《约翰福音》第四章，说耶稣去加利利经过撒玛利亚，"于是到了撒玛利亚的一座城，名叫叙加，靠近雅各给他儿子约瑟的那块地。在那里有雅各井。耶稣因走路困乏，就坐在井旁。那时约有午正。有一个撒玛利亚的妇人来打水。耶稣对她说：'请你给我水喝。'那时门徒进城买食物去了。撒玛利亚的妇人对他说：'你既是犹太人，怎么向我一个撒玛利亚妇人要水喝呢？'原来犹太人和撒玛利亚人没有来往。耶稣回答说：'你若知道神的恩赐，和对你说给我水喝的是谁，你必早求他，他也必早给了你活水。'妇人说：'先生，没有打水的器具，井又深，你从哪里得活水呢？我们的祖宗雅各，将这井留给我们，他自己和儿子并牲畜也都喝这井里的水,难道你比他还大么?'耶稣回答说:'凡喝这水的,还要再渴,人若喝我所赐的水,就永远不渴。我所赐的水,要在他里头成为泉源,直涌到永生。'妇人说:'先生,请把这水赐给我,叫我不渴,也不用来这么远打水。'耶稣说:'你去叫你丈夫也到这里来。'妇人说:'我没有丈夫。'耶稣说:'你说没有丈夫是不错的。你已经有五个丈夫,你现在有的并不是你的丈夫,你这话是真的。'妇人说:'先生,我看出你是先知……'"

关于第二节,见《约翰福音》第二章:"在加利利的迦拿有娶亲筵席。耶稣的母亲在那里。耶稣和他的门徒也被请去赴席。酒用尽了,耶稣的母亲对他说:'他们没有酒了。'耶稣说:'母亲,我与你有什么相干,我的时候还没有到。'他母亲对用人说:'他告诉你们什么,你们就作什么。'照犹太人洁净的规矩,有六口石缸摆在那里,每口可以盛两三桶水。耶稣对用人说:'把缸倒满了水。'他们就倒满了,直到缸口。耶稣又说:'现在可以舀出来,送给管筵席的。'他们就送了去。管筵席的尝了那水变的酒,并不知道是哪里来的,只有舀水的用人知道。管筵席的便叫新郎来,对他说:'人都是先摆上好酒,等客喝足了,才摆上次的,你倒把好酒留到如今!'这是耶稣所行的头一件神迹,是在加利利的迦拿行的,显出他的荣耀来,他的门徒就信他了。……犹太人的逾越节近了,耶稣就上耶路撒冷去。看见殿里有卖牛、羊、鸽子的,并有兑换银钱的人,坐在那里。耶稣就拿绳子作成鞭子,把牛羊都赶出殿去,倒出兑换银钱之人的银钱,推翻他们的桌子。又对卖鸽子的说:'把这些东西拿去!不要将我父的殿当作买卖的地方。'他的门徒就想起经上记着说:'我为你的殿心里焦急,如同火烧。'因此犹太人问他说:'你既做这些事,还显什么神迹给我们看呢?'耶稣回答说:'你们拆毁这殿,我三日内要再建立起来。'犹太人便说:'这殿是四十六年才造成的,你三日内就再建立起来么?'但耶稣这话是以他的身体为殿。所以到他从死里复活以后,门徒就想起他说过这话,便信了圣经和耶稣所说的。……"又见第四章:"耶稣又到了加利利的迦拿,就是他从前变水为酒的地方。有一个大臣,他的儿子在迦百农患病。他听见耶稣从犹太到了加利利,就来见他,求他去医治他的儿子,因为他儿子快要死了。耶稣就对他说:'若不看见神迹奇事,你们总是不信。'那大臣说:'先生,求你趁着我的孩子还没有死就下去。'耶稣对他说:'回去罢,你的儿子活了。'那人信耶稣所说的话,就回去了。正下去的时候,他的仆人迎见他,说他的儿子活了。他就问什么时候见好的。他们说:'昨日未时热就退了。'他便知道这正是耶稣对他说'你儿子活了'的时候;他自己和全家都信了。这是耶稣在加利利行的第二件神迹,是他从犹太回去以后行的。"

关于最后一节毕士大,见《约翰福音》第五章:"……在耶路撒冷,靠近羊门有一个池子,希伯来话叫作毕士大,旁边有五个廊子。里面躺着瞎眼的、瘸腿的、血气枯干的许多病人。在那里有一个人,病了三十八年。耶稣看见他躺着,知道他病了许久,就问他说:'你要痊愈么?'病人回答说:'先生,水动的时候,没有人把我放在池子里;我正去的时候,就有别人比我先下去。'耶稣对他说:'起来,拿你的褥子走吧。'那人立刻痊愈,就拿起褥子来走了……"

"通灵者"书信(二封)

兰波致乔治·伊藏巴尔①

一八七一年五月[十三]日,夏尔维尔

亲爱的先生!

您如今再度是教授了。人对社会是负有义务的,您曾经这样对我讲过;您已经进入教师行列;您现在是走上坦途正道了。——我也一样,我坚持我的原则:我自己仍然犬儒主义地依然故我。我要把学校那批蠢材校友都发掘出来:一切我能想出的愚蠢、污秽、恶劣,不论是在行为方面还是在言谈方面,都归在他们名下;让他们拿啤酒和葡萄酒②来报答我吧。Stat mater dolorosa, dum pendet filius,③——我对社会负有义务,这是公正的;——我是正确有理的。——您也是如此,以今日来说,您也是正确有理的。实质上,您之所见,按照您的原则,只有主观的诗;您顽强夺回大学那个喂牲口的喂料槽就证明了这一点。——请原谅!您毕竟永远是一个无所为也不想有所为的心满意足的人。您的主观的诗永远是极其枯燥无味的东西,这一条还没有包括在内。我希望有一天,——许多人同样期待着这种东西,——我在您的原则范围内也看到客观的诗④,我对待这种诗比您要真诚!——我将是一个辛勤的工人:兰疯狂的愤怒将我推向巴黎的战斗,也正是这样的思想在吸引我,——可是,我提笔给您写这封信之时,有多少工人在巴黎战死!⑤现在,工作,不行,不干;我罢工了。

现在,我要尽最大可能使自己狂放无忌。为什么?我要做一个诗人,并且努力使我成为**通灵者**⑥:您根本不会理解,我几乎无法对您解释明白。此事涉及如何打乱一切感觉意识,以达到不可知⑦。这样的痛苦是骇人听闻的,但必须做一个强者,必须是天生的诗人,我认为我是诗人。这决不是我的错误。说我在思考,那是假的。应该说:人们在思考我。——文

---

① 兰波一八六五年进入故乡的夏尔维尔中学,一八七〇年升入修辞班,与修辞班教师乔治·伊藏巴尔(Georges Izambard)结成深切友谊,有些方面受到他的影响,一八七〇年至一八七一年他两度离家出走,都与这位老师有联系。
② 葡萄酒(原文 filles,本意为姑娘),诗人故乡阿登地区习语,意为大杯(大啤酒杯容量)的葡萄酒,而法国卢瓦尔流域的习语,意指小瓶(容量为普通酒瓶的一半)葡萄酒。
③ 《圣母痛苦经》拉丁经文,意曰:痛苦的母亲伫立在侧,眼见她儿子被吊死(此处所引与原文有出入)。
④ 关于客观的诗,参见下文:"我是一个他人。"诗人在这里将客观的诗与主观的诗相对比。
⑤ 指巴黎公社起义工人群众。兰波一八七〇年两度出走不成,返回故乡(是时正当普法战争,故乡此时正处在普鲁士的炮火之下),曾在夏尔维尔市图书馆大量阅读蒲鲁东、圣西门、巴贝夫的社会主义著作,十八世纪小说,有关神秘主义书籍等,同时开拓诗的新领域,写有许多诗作。一八七一年二月二十五日兰波第三次在巴黎公社街垒战时期出走巴黎。他在巴黎街头,忍饥挨饿,无所投奔,有半月之久,曾一度参加巴黎公社起义军,后又离开巴黎,步行返回夏尔维尔。回来以后,曾起草一份《共产主义政体计划》(Projet de constitution communiste),此件今已不存,当时曾给他的朋友德拉阿伊读过。再后,便写出此处所附的致伊藏巴尔、德莫尼的两封著名书信,史称"通灵者书信"。
⑥ 通灵者(Voyant),次一级的先知。
⑦ 不可知(l'inconnu):也是波德莱尔诗中一个重要观念。

字游戏,请原谅①。

"我"是一个他人。木材自认是提琴,那有什么办法,头脑简单的人,他们对他们全然无知之事妄自吹毛求疵,活该!

对我来说,您不是教育者。下面是我送给您的一首诗:也许,按照您的说法,是不是属于讽刺诗之类?是不是诗?出自奇想,一向如此。——但是,我请求您,既不要拿铅笔在字下划出着重线,也不要费心多去想它:

被处决的心②

我的悲伤的心在船艉后恶心呕吐
……………………………………

本意这并不是什么也不说。——回信寄:德韦里埃尔先生③转阿·兰。

衷心地问候。

阿尔·兰波

---

① 兰波写到这里收笔。有关这一段所述见两天之后另一封致保罗·德莫尼信。
② 《被处决的心》(Le cœur supplicié)。写于一八七一年五月,七星丛书一九四六年版全集本收有此诗,题为《被掏去的心》(Le cœur volé)。每行十音步,每节八行,全诗三节共二十四行,abaaabab 韵。
③ 德韦里埃尔是兰波的小学教师。

杜埃(诺尔省)
德·拉贝伊-代-尚路27号
乔治·伊藏巴尔先生收

兰波致保罗·德莫尼①

一八七一年五月十五日,夏尔维尔

我决定给您上一小时的新文学课。我从一首有现时性的诗篇开始:

巴黎战歌②

春天已举目可见,因……
……………………………

阿·兰波

——以下是论述诗之未来的散文之作:

古代的诗发展到希腊诗已告完成,即和谐生活的时代。——从希腊发展到浪漫主义运动,——中世纪,——内有

---

① 保罗·德莫尼(Paul Demeny),诗人,乔治·伊藏巴尔的朋友,也是兰波的朋友。
② 《巴黎战歌》写于一八七一年。所谓有现时性诗篇,意指一八七一年所写有关诗作(包括散文诗),一方面与巴黎公社时期经历有关,另一方面表明诗人在这一时期所写的诗与他关于诗的新观念有关。

彩画集

文人之作，也有蹩脚诗家的作品。从恩尼乌斯①到泰罗尔图斯②，从泰罗尔图斯到卡齐米尔·德拉维涅③，他们的诗作无非是押韵的散文，一种文字游戏，是许多世代以来蠢材萎靡不振的表现及其应得的荣誉；其中拉辛可是完美的，强有力的，伟大的④。——据说有人曾对他的诗韵提出建议，对他诗句中间停顿处理作过修改，这位神圣的蠢货直至今日仍然不知其事，就像最早的《起源》的作者⑤一样。——拉辛之后，这种文字游戏已无人过问。这种文字游戏整整延续了两千年。

这决不是戏言，也不是反论。理性使我更为确信，法国青年一代对这一问题从来不曾有过激愤不满。其实对于新人来说厌弃古人完全是自由的：因为人们生活在自己的国家，时间总是有的，充裕的。

对于浪漫主义，一直没有作出应有的评价。谁来评价？批评家！！由浪漫派吗？浪漫派已经证明歌往往算不上是作品，这就是说，那仅仅是歌者唱出自己*理解*的思想而已。

---

① 恩尼乌斯（Ennius，约公元前239—前169），古罗马诗人。
② 泰罗尔图斯（Theroldus），法国十世纪功诗《罗朗之歌》后署名泰罗尔图斯，其人生平不详。
③ 卡齐米尔·德拉维涅（Casimir Delavigne，1793—1843），法国诗人。
④ 此处说拉辛完美、有力、伟大，是仿照当时法国文学教育对拉辛的一贯称颂，在兰波看来，拉辛是一个神圣的蠢货（le Divin Sot）。
⑤ 或指古罗马执政官大加图（公元前234—前149）留传的罗马史书《起源》（今仅存残篇片断）。此处本意泛指一般的平庸之作。

因为,"我"是他人,另一个人①。如果铜发觉自身是铜管号,它一点也没有错。我看这是十分明显的:我参与我的思想的诞生展现;我看到它,我听到它;我举起琴弓触动琴弦:和音交响于是在各不同深度上形成它的震颤,或一跃而展现于外。

如果那批老混蛋在"自我"之上所见无他,只是虚假的意义,我们也无需去扫除那亿万具骷髅朽骨,自无限久远的时间以来,他们盲目的智力产品不知累积有多少,同时还不停地在为作者鸣冤叫屈!

我说过,在希腊,诗与竖琴调节动作②,给动作以节奏。后来,音乐和韵律成为消遣游戏的方式。考察过去的情况,常引起人们发生新奇感,于是许多人对恢复古代种种作法引以为乐事:——这当然是就他们而言③。具有普遍性的智慧在正常情况下一向是将它的思想向四外发散的;人将一部分头脑的产物收集起来;依此行事,循例写出书来;事物的进展无不是如此,人是不肯费心思索的,因为他还没有觉醒,或者说,没有达到伟大梦想的全盛时期。只有一些官吏、职员,作家:作

---

① 波德莱尔在《人工的天堂》中曾讲到人在普通的生命中自身消失并融合于其中;在某种沉醉状态之下,"观照外在对象使我们忘却自身的存在"。此处所说我是他人,即有上述之意,近似物我合一。此处之"我"既非浪漫主义的"我",也不是笛卡尔"我思故我在"之"我"。与非个人化说法或有关联。
② 在当时有一种观点,认为诗就是行为动作,诗即行动。
③ 当时这种复古倾向,诗人勒贡特·德·利尔(1818—1894)可为代表。

者，创造者，诗人，这样的人，从来就不存在！

一个人立意要做一个诗人，首先必须研究关于他自己的全面知识；他应该探索他的灵魂，审视它，考验它，引导它。他一经了解他的灵魂，就应该加以培育。要在头脑里完成一种自然的发展，这看来似乎很简单；有多少利己主义者自称是作者；有不少属于另一品类的人又将他们的智力进步归功于他们自己！——但是，问题在于如何使心灵发挥到极致，甚至使它变得可怕：孔普拉希科①之类就是榜样，事情就是这样！请设想那样一个人，他把许多疣移植到脸上并加以培植。

我说：必须成为通灵者，必须使自己成为通灵者②。

诗人③通过长期、广泛和经过推理思考过程，打乱所有的感觉意识，使自己成为通灵者。包括一切形式的爱、痛苦、疯狂；他亲自去寻找自身，他在他自身排尽一切毒素，以求保留精髓。在不可言喻的痛苦的折磨下，他要保持全部信念，全部超越于人的力量，他要成为一切人之中伟大的病人，伟大的罪人，伟大的被诅咒的人，——无比崇高的博学的科学家！——因为他要深入到不可知！他培育他的心灵，使之丰满富足，比任何人都要丰满富足！他进入不可知境界，这时，他在迷狂状

---

① 孔普拉希科，雨果《笑面人》(1869)中人物，拐骗幼童，加以毁形，使成为怪物。
② 诗人必须是通灵者这一思想，原出自德国浪漫主义，但在兰波实质有所不同。
③ 诗人原文为大写，Poète。

态下，失去对他所见景象的理解力，真正有所见，真正看到他的幻象！就让他在这些闻所未闻、无可言状的事物中翻腾跳踉以至死去；另一类可怕的工人将要到来；他们将从这个人沉陷消亡的地平线上开始起步！

——停六分钟后再继续——

这里，我在正文之外插入第二诗篇：且请听取，——人人都会喜欢的。——我提起琴弓，开始：

我的情人①

从珠泪提炼来的香露洗涤……
……………………………………

阿·兰

就是这样一首诗。请注意，如果我不怕让您破费六一个铜钱，——我这个担惊受怕的穷人，七个月以来，一文不名！——我还可以拿出我的一百余行六音步诗《巴黎情人》，先生，我还有两百行六音步诗《巴黎之死》！②——

---

① 《我的情人》(Mes petites amoureuses)，写于一八七一年，每节四行，一、三行八音步，二、四行四音部，abab, cdcd 韵式，共十二节四十八行。
② 兰波在一八七一年巴黎公社起义时期写了为数可观、不同于一般的新诗，但这里所说的两首诗迄今未曾见，或实际上不曾写出。

我继续往下说：

所以，诗人，确实是窃火者。

他背负着全人类，甚至包括动物；他必须让人感觉到、触摸到、听到他的创造；如果那是他从彼岸带回来的，有形式，就赋予形式；如果是不定形的，就出以不定形。还要找到一种语言；

——而且，正因为语言就是观念，所以使用一种普遍语言的时间必将到来！把一部语言辞典编得完善，不论是什么语言，就必须有那样一位学院院士——与其说他是僵死的化石，不如说是死人。某些次等人物于是**去思考字母表上第一个字母**，这批人可能很快便陷入癫狂！——

这种语言，综合了芳香、音响、色彩，概括一切，可以把思想与思想连结起来，又引出思想，这种语言将使心灵与心灵呼应相通。诗人对于不可知显现于普遍心灵适时地给以定量：诗人一定可以提供更多的东西——超越于他的思想模式，超过他走向进步的评价性的记录！不正常状态转而成为正常状态，人人都可适应并纳于其中，他必是文明进步的乘数！

您看：这样的未来肯定是唯物主义的①。这种诗永远充满着"数"与"和谐"，这些诗写出来就是为了传之于后

---

① 此处所谓唯物主义，不限于无神论，唯物主义的未来意指精神与物质融合协调的理想时代。

世。——实质上，这仍然有些近于希腊"诗"。

永恒的艺术原有其自身的功能，正如诗人都是公民一样。"诗"在将来不再规范行动，诗将领先走在前面。

诗人必是如此！女人无止期的被奴役状态一旦粉碎，一经生存自为自立，男人，——至今还是这样可恶，——给她以解脱，女人也将是诗人！① 女人必将找到那不可知！她的观念世界是不是与我们的观念世界有所不同？——她将发现奇异的、不可测度的、再生的、美妙的事物；我们将接受这一切，我们也将理解这一切。

在此之前，让我们先向诗人要求"新"，——观念和形式的新。所有的能手自以为很快就能满足这样的要求。——远非如此！

最早出现的浪漫派是不自觉的通灵者：他们心灵得到教养系出自偶然；尚未熄灭已废弃的火车头也可在轨道上开动一时。——拉马丁有时也可算作通灵者，但他被旧的形式扼杀了。——雨果，极为顽强，他最近几部作品并没有什么新意：《悲惨世界》是一首真正的诗。我手边还有他的《惩罚集》；《斯泰拉》②大致可以显示出雨果的视野。过多的贝尔蒙泰、过多的拉莫内、耶和华和圆柱，陈腐不堪的荒谬可笑充斥其间。

---

① 此处已注意到真正的女权问题。至十九世纪七十年代，女诗人、女作家早已出现，如乔治·桑可为一例。
② 《斯泰拉》，即《惩罚集》第六部分。在十九世纪六十年代以后，新进一代诗人对雨果、缪塞等已持批评态度，浪漫主义早已不能满足新的美学要求。

对于我们饱尝痛苦、抱有理想的几代人来说，缪塞更是百倍地可厌，——他那种天使般的懒散更是令人反感！啊！他的故事和小喜剧，不堪卒读，味同嚼蜡！什么《夜歌》！《罗拉》，《纳穆娜》，《酒杯》！完全是法国式的，也就是说，可憎到了极点的货色；是法国式的，但不是巴黎的！不外是按照启发过拉伯雷、伏尔泰、泰纳评述的让·拉封丹那种资质写出的作品！缪塞那种青春期气质！那种看似动人的爱情！色彩艳丽的画面，铺排过甚的诗句，如此而已！人们品味这种法国式的诗很久很久了，而且是在法国。一个杂货店伙计也能解出一个罗拉式的呼语；一个神学院修道士在小记事簿中秘密藏有五百条诗韵。这种感情冲动可以促使十五岁的青年春情发动；十六岁的青年人就以"心"中默诵这类韵文得到自我满足；到了十八岁，以及十七岁，所有中学生都能搞出罗拉的那一套，还可以写出一首《罗拉》来！有的中学生也许为此而丧生。缪塞什么也写不出来：视野仅限于在纱窗帘后面窥视；他是闭上两眼什么也不看的。法国人，软弱无能、意志薄弱，从小咖啡馆被拖到中学课桌上，不过是一个好看的死人，好看的死人也死了，今后大可不必为让我们感到厌恶再费力让他复活！

第二代浪漫派是**通灵者**：泰奥菲尔·戈蒂耶，勒贡特·德·利尔，泰奥多尔·德·邦维尔。但是明察那不可见和谛听那不可闻，与复现已死去的事物的精神完全不同，据此波德莱尔是第一位通灵者，诗人之王，一位真正的上帝。不过，他曾经生活在过于艺术化的环境之中；所以，他采取的形式为世人所赞扬，但那种形式也不免褊狭平庸。表现不可知需要创造力，这种创造力要求有新的形式。

旧形式的一派，在一些天真无知的人当中有 A. 勒诺，——他也有他的罗拉；L. 格朗代——也有他的罗拉；——还有一批高卢人和缪塞式的人物，如 G. 拉弗内斯特，科朗，C.‑L. 波珀兰，苏拉里，L. 萨尔；学生，如马尔克，埃卡尔，特里埃；死人和笨蛋：奥特朗，巴比耶，L. 皮夏，勒穆瓦纳，德尚之类，德泽萨尔之类；记者：L. 克拉代尔，罗贝尔·吕扎尔舍，X. 德·里卡尔；奇幻派(les fantaisistes)：C. 孟戴斯；还有流浪人；女诗人；有才能的诗人：莱翁·迪耶尔，以及絮利‑普律多姆，科佩，——与旧形式决裂的新流派，叫作巴纳斯派，有两位通灵者：阿尔贝·梅拉和保罗·魏尔伦，魏尔伦是一位真正的诗人。——全部都在这里了①。所以，我要努力使我成为通灵者。——让我们用一首虔诚的歌来结束吧。

蹲　伏②

后来，他感到胃中汩汩作呕，

---

① 以上所列均为法国十九世纪后期诗人。
② 此诗写于一八七一年，十二音步，每节五行，共七节三十五行，ababa 韵。译者按：以上所引各诗，系诗人凭记忆写出，与原作有时略有出入。

....

您不回信那就太可恶了:速速回信,因为我也许过一个星期就到巴黎去了。

再见。

阿·兰波

杜埃

保罗·德莫尼先生收

《"通灵者"书信》题解

关于一八七一年五月十三日兰波致乔治·伊藏巴尔信

最初由伊藏巴尔发表在一九二六年十月《欧洲评论》杂志（La Revue européenne）上。原信并未注明何月。但邮戳明确打上："五月十三日，夏尔维尔——五月十五日，杜埃（Douai）"（杜埃是伊藏巴尔家所在地）。据伊藏巴尔后来在他所写《我所认识的兰波》（Rimbaud tel que je l'ai connu, P.134）上说，原信写的地址也不对。

兰波写此信时，几次出走不成，他是处在精神危机状况下写的。伊藏巴尔当时以为是开玩笑，未加重视。

关于一八七一年五月十五日兰波致保罗·德莫尼信

最初发表在一九一二年十月《新法兰西评论》杂志二，由贝里雄发表。原信注明日期。此信清楚陈述了兰波的思想。此信极为重要。据说一种民主的思想使诗人成为预言者即"通灵者"（Voyant），那是引导人类走向未来的。诗人必须有一种超自然的清醒明悟，并系统地有目的地培养他的特殊感觉（Sensations），通过打乱他的感觉意识，以求发现人类的命运。求助于毒品（drogue），疾病（maladie），罪恶（crime），目的是培育自身所有珍奇的感觉和幻觉，即不曾想象得到的那种形象。波德莱尔在《人工的天堂》中最主要的部分就是兰波所要求的。兰波在信中提出的，前人也曾提到，也曾阐述同类观念。

附　录

评论片断

[法] 保罗·瓦莱里

Ego
(特异反应性——) 关于阿[尔蒂尔]·兰[波]

我没有看到写(例如)《地狱一季》的困难。一切都是直接表现,喷涌迸发,烈度。

词语中的烈度对于我是无谓的,对于我并不提供什么。

在《彩画集》中的情况却相反,含有极高价值的事物不止于一个方面。

对于偶然性的一种经过精确斟酌的运用。——在文学之中只有这一点是可想象可预期的。

《彩画集》体系——显然限于提供一些"短小"的作品。——甚至也许不超出两行的长度……

全部作品独独因为建立在"效果"的基础之上才在这些效果中迅速分化散解。

……

——保罗·瓦莱里:《无题集》[1]

---

[1] 本文根据伽利玛出版社一九七三年版七星丛书朱迪·罗班松-瓦莱里(Judith Robinson-Valéry)编注的保罗·瓦莱里《札记集》的文本译出。

关于《彩画集》

[法] 茨·托多罗夫[①]

> 我的智慧不值得重视,正如
> 混沌也可鄙弃。与你的麻木不仁
> 相比,我的虚无又能怎样?
> 　　　　兰波:《人生Ⅰ》

所谓"《彩画集》问题",问题真正所在,显然不在有关历史的方面,而是有关语义学的问题:这些隐谜似的文本究竟讲出了一些什么?有关兰波的文献是异常丰富的,人们不免返而求诸文献以期获得一个答案。尽管大多数作者对兰波英国之行或哈拉尔居留,同性恋以及服用麻醉品的经历感到兴趣超过对于这些作品的意义的注意,但致力于对《彩画集》进行阐释

[①] 茨维坦·托多罗夫(Tzvetân Todorov,一九三九年生于索非亚),保加利亚裔法国结构主义理论家,著有《诗学》(1968)、《〈十日谈〉语法》(1969)、《散文的诗学》(1971)、《批评之批评》(1984)等。

的研究著作也为数可观①。读一读这些研究著作，我的印象一般来说觉得仍然停留在这些"散文诗"作为整体所提出的实际问题自身并没有前进一步，或者是一下又超出上述问题走出界外了。因此，为了确定我自己对原作文本的反应，我应该先将它过去引起的各种不同态度概括起来，并解释这些态度在什么地方让我感到不满足。

对于兰波原作文本第一种反应形态，我想把它叫作埃维迈尔神化论批评②，我认为人们不可能真正通过这种"阐释"对兰波的文本加以略定。古代著述家埃维迈尔阅读荷马，就把荷马看作是有关史诗中描述的人与地方的知识来源，仿佛那就是一种真实（而非想象）的记述文字一样。埃维迈尔式的阅读都要通过文本寻索出现实世界的踪迹。兰波原作文本，就其意向看，参照系是那么薄弱，读起来总是将它看作是有关诗人生活的信息来源，这是令人非常诧异的事情。再说诗人一生事迹至今仍然不甚了了，而且诗作原文文本往往又是人们所能加以把握的惟一依据。因此诗人的传记由作品出发加以组织，由此给人一种印象，似乎这就是以诗人的生活经历来解释诗人的作

---

① 自一八八〇年七月始，兰波在亚丁一家法国人经营的皮货与咖啡商行任职，同年十二月被商行派往埃塞俄比亚哈拉尔地方分行，并在埃塞俄比亚其他地方活动，直至一八九一年因病离开哈拉尔返回法国。
② 公元前四至前三世纪时古代希腊神话收集者埃维迈尔（Evhémère），著有散文体《神史》，可说是一部以神话与哲学为内容的小说，今已失传。《神史》试图将宗教神话重加合理修订，按照他的神谱分析，众神即是非凡人物，由此提出神话体系与宗教起源说，即认为神即神化的人，所谓凡人神化论。

品，这种做法带有危险性自是难以避免的。

不妨取《彩画集》各篇当中易于理解的一篇《工人》为例，对上述做法试加评述。《工人》中"看这二月天午前多么和暖"一句，诗中关于情节展示的地点没有明指是在南方，按安托万·阿达姆①的观点于是提出了这样的注释："我们看到的是北方地区，在二月，气候温和。换言之，从一八七二年至一八七八年间，气候是温和的，特别是在一八七八年（奥斯陆平均气温：-7℃）。有人已经提及兰波在一八七八年春曾有汉堡之行，这件事原本含糊不清，而且稍有差异，但与《工人》一诗密切相关，是完全可能的。"关于这个问题，夏德威克②反驳说：这首诗写作日期是一八七三年的二月，《泰晤士报》曾有报道称一月份有洪水突然侵入伦敦，而且原诗也说到"上个月涅大水"。看来，批评家必须仔细查阅十余年的气象变化一览表，还须具有福尔摩斯那种精明多智才行。不过批评家要证明他们的假设依然达不到目的，因为这里缺乏的恰恰是原始事实（即使是"稍有差异"）。

真正的问题并不在这里。原作文本的指示尽管与气象的历史记载相一致，但两者之间的关联仍然存在着许多困难的问题：因为其中隐藏着对于这种最基本的区别的忽视，即历史与

---

① 安托万·阿达姆（Antoine Adam），巴黎索邦大学名誉教授，一九七二年七星丛书新版《兰波全集》编定、注释者。
② C.夏德威克（C. Chadwick），法国批评家，著有《兰波研究》等。

虚构、文献材料与诗之间这种根本性区别。兰波所说会不会不是一次实有的洪水泛滥，一次事实上不曾出现的暖冬？人们可能提出这样的问题并对之作出肯定的回答，这一事实本身就使阿达姆或夏德威克的渊博的考证变得于理不合。要知其中原委，只要读一读兰波亲笔写下的字句就够了："你的记忆和你的感觉将是你创造性冲动的食粮"（《青春Ⅳ》）。

我们不妨设想原诗是写兰波生活经历的。将阐释这个用语用于验证这样的含义上我仍然把握不定、犹豫不决，这是因为所谓验证严格地说应属于对于诗人传记的认识范围，这种证实也不可能等同于对诗人原作文本的一种解释。《流落》一诗中那个"撒旦医师"或许真是指魏尔伦，所有注释家无不追随魏尔伦本人之后一再重复这样的说法①，又说《桥》中河水"宽阔得好像海湾荡漾"可能是写泰晤士河，例如苏珊·贝尔纳②即持这一看法。但是，即使他们确证原诗这些因素的来源（不妨假设是这样），也仍然没有解释清楚原诗的意义。每一个词语和每一个句子的意义只有与同一文本其他词语、其他句子建立关系方才得以确立，像这样明白易解的道理还要给以说明不免让我感到不安，可是对于兰波的注释家们说来，这个道理竟好像是不存在的。同样，当苏珊·贝尔纳谈到《彩画集》中另一篇特

---

① 魏尔伦在他一封信中，曾提到"撒旦医师"是指他，故有此一说。
② 苏珊·贝尔纳（Suzanne Bernard），法国当代研究兰波的学者。

别明白易解的《王权》时，断言"原诗文本，在我们直到目前所能了解程度上来说，仍然是晦暗不明的"，我看，她这种看法完全是回避问题，因为任何难得一遇的发现、传记上的关键之处都已查明也不会使这首诗的文本更加清楚明白（也无此必要），理由是培育"记忆"与"感觉"的前文本不可能有助于意义的确立。

面对兰波原作出现的第二种态度是所谓原因论批评。在这一方面也谈不上是真正的阐释，不可能，与其说探索文本的意义，不如说是查明促使兰波何以要那样表达的原因。所指的明显性在这里让位于指向作者的某种明显性了，因此作者的原作文本也就不成其为表现，反而成了供人作出诊断的症状。最流行的解释是：兰波如果写出这样一些不相连贯的文本，是因为他服用麻醉品，是兰波服用大麻在这样的影响下写成的。有一些诗，例如《沉醉的上午》可能给人描绘服用毒品经验的印象，这是不错的。但是事情也并不因此就昭然若揭。如果是这样，也仍然无助于我们对原作的理解。对我们说兰波写这一或那一首诗服用了大麻，对于阐释这首诗的文本也仍然是一个没有什么确切内容的信息，就和告诉我们他这首诗是在浴缸里写的，或者他穿着红衬衣，或者窗开着，在这样的场合下写的，同样没有什么确切内容可言。这种信息至多可以归之于文学创作心理学范围。在阅读《沉醉的上午》以及其他类似的文本所提出的问题，不在于作者当时是否服用麻醉品，而在于如何阅读这一类文本，倘若人们不拒绝寻求其中的意义的话。面对这种不相连贯、缺乏条理，或者不相连贯、缺乏条理的表面现象，应当如何作出反应呢？

同样按照原因论批评观点，还可以促使一批注释家说：如果说这样的文本是怪异的，那是因为它描写的是歌剧场面；或者是描写一幅画，或者一幅版画；或者如德拉阿伊①所说，《花卉》一诗是兰波躺在池塘边草丛中从近距离去看这些植物；蒂博代②则对《神秘》一诗想象为一个精疲力竭的步行者躺倒地上正面仰看天空。在这里，批评家仅仅满足于证实（其方法是太成问题了）兰波写出那样的文本的那种经验，对于原作的意义何在不加追究。像这样的证明也可能纳入阐释的范围，但这里所说的有关绘画不是兰波可能看到的那样的绘画，而是他在文本中描绘出来的画面。因此，在这里，必须具备一定的条件，因为这里涉及到的是绘画效果问题（不是前文本的效果）。

我在这里企图加以区别的两种批评态度，当然也从属于阐释的范围：它们都同解释文本的意义或文本的组成有关。这两种批评所以做到这一点在于它们所采用的那种方法，采用这种方法我认为就把《彩画集》中最富于特征的东西给抹煞了，因

---

① 德拉阿伊（Delahaye），兰波在故乡夏尔维尔中学时的同学和好友，作家。
② 蒂博代（Thibaudet，1874—1936），法国文学批评家。

此我认为这种方法完全无视《彩画集》传递信息这个最为重要的方面。秘传式批评①的情况相对来说倒较为简单。《彩画集》如同一切晦涩难解的文本一样,也有大量秘传式的阐释出现,这样就使一切都变得一目了然了:原作文本中每一种成分,或至少每一种成问题的成分,由另一种成分取而代之,这另一种成分源出于某种从精神分析到炼金术普遍象征原则的种种变体。《流落》一诗中那个奇怪的"太阳之子",说是指和谐,或者爱,或者指法老;《洪水之后》中的虹,是指脐带;还有《花卉》,是指金属中含有的那种精纯物质。以上这一类阐释既不可能得到证实,也无法予以废除,这样也就没有多大意思了。进一步还可以让这类阐释逐段移译原作文本,而不必顾及文本的组成结构,直到最后,一切都变得一目了然,可是原有的晦涩难解之处依然得不到解释:兰波为什么喜欢把这些平平常常的思想组编为难于索解的密码以此取乐?

第四种,也是最后一种对待兰波原作的态度,给它加上范型批评②这样的名目是相称的。在这里,以这一明示或暗示的公设作为出发点,即认为连续性不具有意义,批评的任务在于将文本中彼此多少分开的成分接连起来,以求显示出类似性,

---

① 秘传(ésotérique)原指古代希腊某类口授秘传的哲学学说。此处所谓秘传式批评是指一种批评方法或原则。
② 范型批评,即根据语言中每一个词和一组可替换的词处于纵向聚合关系形成为纵向聚合关系语言项,以此为原则或方法进行文本分析。与此相对的是横向组合的单位语符列,即构成线性序列的语言成分之间的横向组合关系。

或对立关系,或相近性。一句话,与词形变化的纵向聚合关系范型直接有关,这是有效的,而横向组合关系的单位语符列并非如此。兰波原作文本,像一切文本一样,也可以进行这样的操作,可以在主题层次,或语义-结构层次,或者在语法和形式层次上进行。总之,在《彩画集》与任何其他文本之间按既定规程办理并不存在任何区别。这是因为范型批评家处理任何文本都把它们看作与《彩画集》一样,缺少顺序、连贯性和连续性,因为上述情况他一定会发现对此不需给予特别重视,他按照他所发现的纵向聚合关系范型序列将之安置在一定的位置之上。但是,在其他文本的分析中(即关于横向组合关系幅度、推论与叙述的连续性无效的公设)可能已经出现有争议的问题,在《彩画集》的事例中也必然产生令人不能接受的结果,因为人们根本不具备说明《彩画集》这种文本最引人注目的即在表象上不相连贯的特征的任何手段。正因为像对待《彩画集》一样去处理一切文本,所以范型批评不可能说明《彩画集》和其他文本在哪一方面有所不同。

面对上述不同的批评策略,我想提出我认为是《彩画集》文本向我迫切提出的另一种观点。这种观点要求认真对待阅读的困难,不要把困难看作是全部过程中的偶然现象,意想不到的缺乏方法,有方法也势必导致毫无结果,即使如此,也要使之成为我们的研究对象。这种观点还要求问一问《彩画集》传递的主要信息是否不在意义显现(或者也许是消失)的模式本身，而在于由主题的或语义的分解所建立的某种内容。如果情况是这样，那么，为使对文本的解释置于另一个层次上，对文本的解释在《彩画集》这一场合下就不该面对"文本复杂性"而裹足不前，尽管"文本复杂性"可能使任何"解释"从原则上说成为不可能这一点暴露无遗。

如果兰波的原作文本展现了一个世界，那么作者同时必定有意让我们理解这个世界不是"真有的"。那是一些超自然的和神话中的人物和事件，如《波顿》中的三次变形，《黎明》中的女神，《神秘》中的天使，或《古意》中身兼雌雄两性的人物。还有一些从来不曾见过的多维的物体和地方："这个大圆顶是一个直径约有一万五千尺精工制造的钢架"（《城市Ⅱ》），"大教堂十万座祭坛"（《洪水之后》），形成一座比阿拉伯半岛还要大的半岛的别墅以及其附属建筑物（《海角》），或难以数计的各种不同形状的桥（《桥》）。或者，物体实际上可能有但又是那样似是而非以致人们拒绝相信这些事物真会存在：如《大都会》中的水晶大马路，《演剧》中的露天大舞台上的一条条大马路，树林中的那座大教堂（《童年Ⅲ》）和在看不见的轨道和滑轮上往复来去的水晶小屋和木舍（《城市Ⅰ》），置放在阿尔卑斯群山中的钢琴和地极的"辉煌大厦"（《洪水之后》）。

当一些有关地理方面的指示看来似乎使埃维迈尔式的偏见获得满足并证实所涉及的各个地点之时，兰波仿佛有意在开玩笑，竟任意把国家地区和各个大陆搞乱混成一团。如神奇的海角竟涉及埃皮鲁斯和伯罗奔尼撒，日本和阿拉伯，迦太基和威尼斯，埃特纳和德国，斯卡尔布罗和布鲁克林。这样似乎还不够，还要唤出"意大利、美洲、亚洲"（《海角》）。那个偶像，"既是墨西哥人，又是佛拉芒人"，船舶有"希腊人、斯拉夫人、克尔特人"名字命名（《童年Ⅰ》）；贵族竟是德国人，日本人，还有瓜拉尼人（《大都会》）；德意志，鞑靼的沙漠，天朝帝国，阿非利加甚至"西方"都在《历史的黄昏》中会合。这些诗作文本写到的地区究竟在什么地方？这些都是爪哇派[①]与英国派专家们博学的争论所无法解决的问题。

原作中一个句子或一个词时常公开指明描写对象不过是一个意象，一种幻象，一场梦。许多似是而非的桥在阳光下消隐不见："一道白光从天上投下，抹去这一幕喜剧，没入空无"（《桥》），还有一系列安排好的神奇的城市都是已经指定的："在这让我安静睡去、让我宁息少动的地方，能不能把那个好时辰还给我，能不能把那善意的手臂伸给我？"（《城市Ⅰ》）。在《大都会》中引出众多人物，原本都是"幻象"。梦幻之于兰波已不属于主题性因素，例如波德莱尔也是如此，而是一种阅读的操纵装置，一种关于放在眼前的文本需加解释的解释方

[①] 兰波一八七六年曾有爪哇之行。有一些研究兰波的批评家和注释家认为诗中许多奇异景象即出自此次东方之行，据此对诗作加以解释，因之有爪哇派之称。

法的提示。《滑稽表演》中的人物所穿的衣服是"仿照噩梦特有的情趣"裁制而成,而《城市I》中的山原是"梦中的山";"梦中的那个骑在四轮马车前导马上的马车夫副手,还有马匹"贯穿在《通俗小夜曲》之中,而《守夜》中几节讲述的原来也是梦境。在另一些地方,人们很久以来就对《彩画集》戏剧上的词汇,即所谓"opéradique",给予突出的注意。与其说兰波旅居伦敦时常去剧院,以此为证,那么,人们为什么不对这里所说的对象具有虚构、幻想性质的标记更加重视呢?从《历史的黄昏》中"不能成立的旋律"到"这些小旅店永远闭门不开"(《大都会》)和不可见的城堡的花园——"在那里其实没有什么可看的"(《童年II》),这种无所存在不是已经确定了其他许多同类事物的性质了吗?《彩画集》中所涉及的一切地区,而且还不限于《野蛮》中所说的北极的花卉,都应该加上这样斩钉截铁十分确定的说明:"它们都是不存在的。"

况且,指出所指的虚构性质,也无非是使表现某一个世界的文本的潜能成为问题的一种最常见的方法而已。除去这种消除所指的性能以外,人们实际可以观察到对于话语本身的所指潜能所施加的一种作用,一种极为巧妙的潜隐作用。《彩画集》文本所指定的各种人物实质上都是不确定的:我们不知他们何所来,也不知其何所往。兰波对这种不确定性看似无所觉察的程度有多大,其冲击力量也就有多大,而且他还继续不断地使用定冠词,若无其事地将这些人物一一入诗。珍奇的宝石、花卉、大街、摊头、鲜血、马戏场、奶水、海狸、玛扎格朗、大宅、服丧戴孝的幼子、不可思议的挂像、沙漠商队①，所有这些人物与事物（在《洪水之后》中）比比皆是，但是我们对他们一无所知，同时诗人对这种无所知状态也不加注意——他在那里讲述，就好像我们全都了解一样。"隔板上如大歌剧热烈喧闹的裂口"是什么意思？"对大风暴……喝倒彩"是什么意思？"闷死人的大森林"指的是什么，"在群犬包围猞猁狂吠下满地打滚"是什么意思（以上均见《通俗小夜曲》）？所有这一切既无细节说明，也没有其他的提示，它们的含义怎么能知道呢？"有橙红美唇的少女"（《童年I》），"驯顺的野兽"（《童年IV》），"一个安详美好的老人"（《片语》），"这种古代音乐"（《大都会》），"美轮美奂的精气"（《Fairy》），以及其他种种，诗中出现的看来都是确定的对象，但是，缺乏相关的资料，对此我们仍然全无所知，而且，有关于此，我们最不愿意设想：这些对象都是在灵光感悟无限短促的一刹那之间看到的。

所有在诗中出现的对象孤立地看都是不确定的，再加上诗中这样的显现都是急促的、一闪即逝的。所以人们致力于探求一种相关的确定性，探索某些对象与其他对象的关系，或者文本中各部分之间的关系，以求达到同样理解的目的。但是，在

---

① 原诗在这些名词之前均冠以定冠词以表示确指。

这里，矛盾也最为尖锐突出：因为《彩画集》正是以无连贯性作为基本规则建立起来的。兰波以无组织方式作为这类文本的组织原则加以运用，这种组织原则从诗的整体构成到两个词语的组合分别在各个层次上发挥它的功能。例如，段落之间的关系尤其表现得明显：没有组织关系。譬如《大都会》每一节都由一个实词归结收尾——这当然不是终止问题的提出，这样说来，"城市"，"战争"，"战场"，"天宇"，"你的力量"，其中究竟哪一个词在全诗文本内部起着联结关系的作用？或者在《童年I》之中，从偶像向少女、舞蹈和公主一节节过渡，这又如何解释？《彩画集》文本整体，不仅仅是其中之一，都可以标上这个富有意义的题目："片语"①。

人们可以这样说：至少另起一行是表示主题的变化，并且表明无连贯性自有其道理在。但是，各个命题(句子)在一个段落甚至一个句子的内部却以相同的方式更加受到破坏以至分化瓦解。试读《大都会》第三节，这一节是从其他相邻近的段落孤立出来的：

> 抬头向上看：是拱形木桥；撒马利亚最后的菜园；暗夜寒风拍击摇晃不定的灯下，尽是涂彩的假面具；河岸下穿花裙憨态可掬的小水仙；豌豆圃中发光的死人骷髅——

---

① 原文 phrases，本义是语句、句子。

还有其他种种幻象——战场。

像这样一个句子,在内部将所有这些"幻象"联结起来的又是什么呢?"海狸在修筑巢穴。北方小咖啡馆里'玛扎格朗'热气腾腾香气四溢"(《洪水之后》),在这里又是什么使这样一个段落内部得到接连贯通的呢?人们简直不知道对于描写城市的那种无连贯性(《城市Ⅰ》)该是多么令人惊奇,或者说,对于描写城市的文本的那种缺乏连贯性,在一节诗中,居然并列有小屋、木舍、火山口、水渠、喉、深渊、旅舍、雪崩、海、花、激流、郊区、岩穴、古堡、市镇、巴格达大街——其他我就不一一列举了。用来保证连贯性的话语手段——首语重复修辞法①和直接明指的代词——以出乎意料的方式在这里发挥作用:"中了邪的花在喃喃低诉。倾斜的山坡摇着催他入睡"(《童年Ⅱ》),催谁入睡?"多少不幸,多少灾难,多少心机,多少手段,你都无所谓"(《片语》),这里说的究竟是指一些什么?又如"人的这种生存环境","在愚蠢的不同层次上,是穷人和弱者的艰难和困厄!"(《历史的黄昏》)但是前文之中并不存在层次和生存环境的问题。

在《彩画集》文本整体中,表示逻辑关系(如因果关系)的连词也难得一见。如果我们注意看到有连词出现,也无法证明

---

① 指一个单词或一个短语连续出现在几个句子或若干行文字的开头。

其合理性——所以还是难于理解，因此连词难得见到对此人们也并不怎么感到惋惜。与"句法家"马拉美正好相反，兰波是一位词汇诗人：他把词语并列，这些词语的一切铰接相连的关系都被放弃，词语仅仅保有自身所强调的语调。兰波注意写出的事件或句子之间仅有的关系都属于同时共在性质。如在《洪水之后》中所有拼凑在一起的情节都在时间之中统一起来，因为它们都是在"洪水的观念一经淡薄"的同时发生的；《历史的黄昏》中的情节，发生在"那么一天黄昏"；《野蛮》中则是"经过多少白日和季节"。还有在空间中的同时共在：最典型的例证可以以《童年Ⅲ》作为代表，这首诗以"林中"这个地点状语为开端，从而引出如下的系列：一只鸟，一座大自鸣钟，一个泥坑，一座大教堂，一泓湖水，一辆小车和一队剧团演员！

这种空间的同时共在往往对观察者以明确指称的方式加以强调，观察者所处的不变的方位由一些关系副词如"左侧"、"右侧"、"在上"、"在下"加以限定。如"夏天的黎明从右侧唤醒了……左侧坡地上……"（《轮迹》），"左侧山脊肥沃土地……山脊右侧后面……这样，这幅画的上部……在它下面……"（《神秘》），"右侧玻璃窗缺口上方……"（《通俗小夜曲》），"正面壁上……"（《守夜Ⅱ》）。因此人们得到印象认为这是对一幅画所作的描写，这种描写是由一个正在审视这幅图画的不动的观察者作出的，而且"图画"这个词在《神秘》

中也出现过，在《通俗小夜曲》中还有"意象"一词，也是如此。但是所有这一切都是由文本形成的一些意象：在这种描述中呈现出来的静止状态引起图画的印象在所难免。名词性句子借助纯空间性或时间性的同时共在同样也一定能形成那种静止不动的效果；换言之，这种名词性句子在《彩画集》中是丰富众多的，它们在全部文本之中有时占有特别重要的战略地位，如《Being Beauteous》、《守夜Ⅱ》、《冬天的节日》、《历史的黄昏》、《焦虑》、《Fairy》、《通俗小夜曲》、《童年Ⅱ》、《沉醉的上午》、《演剧》，有时又弥漫于文本的整体之中，如《野蛮》、《虔敬之心》、《轮迹》、《出行》、《守夜Ⅲ》。

因此，人们对于这类诗作文本如此适应"纵向聚合关系语项"相接的情况并不感到意外：明示的连接关系不存在，人们只好暂且将问题搁置不问；缺乏句法组织，人们可以转向词语，并寻求其间的关系——就像人们以一个简单的词作为出发点所能做的那样。所以，苏珊·贝尔纳在谈到像《野蛮》这首不可理解的诗作时提出音乐形式这样的说法就很有道理（兰波许多诗作都借助绘画词汇和音乐词汇——就仿佛不是属于语言似的！）；同样一个句子从开端到结尾重复三次；嵌在每一节前后的名词又在一个共同感叹句中集合在一起："啊，稳定，世界，音乐！"《通俗小夜曲》、《守护神》、《致某一种理》中这样的音调反复出现，《虔敬之心》、《童年Ⅲ》、《出行》、

《守夜I》、《守护神》等文本中那种占主导地位的严格语法上的平行对应,给人们留下的印象十分强烈。同样,在语义层次上:想要知道《花卉》一诗文本说的是什么,人们很可能感到极其困难,但是其中用语措词各个系列又是如此均衡一致,对此人们决不会视而不见。这些词语与几乎全部文本相吻合:如贵重物质(金、水晶、青铜、银、玛瑙、桃花心木、绿玉、红宝石、云石),织物(丝、纱罗、天鹅绒、缎、毯),色彩(灰、绿、黑、黄、白、蓝)。还有这样一些人物,形成一种阴性名词聚合关系语项的罗列,引起我们的注意:一偶像,一少女,一些贵妇,一些童女,一些女巨人,一些女黑人,一些年轻的母亲,一些大姐姐,一些后妃公主,一些异国小女子……(《童年I》),但是我们不知道这些人物在指称层次上是由什么将她们联系在一起的。不过,面对这种忽视连贯性的方法与无视连贯性的文本两者迭合感到可喜,却不免过于简单化了:因为这样的幸事毕竟是可虑的、令人迟疑不安的。

破坏句法组织损及句子特别容易转化为故弄玄虚。兰波将具体与抽象大胆结合在一起这是人所皆知的(如《洪水之后》中"大水与悲愁"这样的样式)。在他的诗作中,文学体裁样式也可以同物质对象和物体相结合。如"世上所有的传说都在发展演变,各种激情跃动冲向市镇"(《城市I》),"还有穷苦人的胸怀,还有天上的传说"(《Fairy》),"也许在这些层次上,月与彗星交会,海洋与神话遇合"(《童年V》)。或者像《洪水之后》中"果树园中踏着木鞋唱起猪叫般的牧歌"。即使无法从抽象过渡到具体,中间的距离相隔太大,这种并列协调也存在着问题:"……变动和未来……都出卖"(《大拍卖》),"还有圣女,戴面纱的修女,还有和谐之子,还有夕阳西下映现出独有传说中才有的那种奇幻色彩"(《历史的黄昏》),"情爱与现时","这种种迷信,这古老的肉体,家庭和人生,都去吧"(《守护神》),等等。对于句法的这种弃而不顾,走向极端,就成了纯粹的罗列,可能是横向组合的词列,如《青春Ⅲ》,或如《片语》中这样一节:

> 七月,一天上午,阴沉沉。死灰气味在空中流散;——炉中木柴发汗的气味,——烂腐的花卉——散步场的蹂躏践踏——流过田野的沟渠的霏霏细雨——玩具和乳香为什么不见?

也可能是许多单一孤立的词语,如《焦虑》的第二节:

> (棕榈叶!金刚石!——爱情!力量!——高于欢乐与光荣!——无论什么方式,无论在何处,——魔鬼,神,——这么一个人的青春:我!)

人们发现从大单元向小单元下降的不连续性的作用如何在

扩大：尽管互不连贯也无碍于每一节诗各有其所指；问题在于了解是否可能从全部文本的指称中找到那种统一性。在这里，不存在宣讲内容——这一类罗列性的、堆砌的词语或单位语符列——就不允许有任何结构构成，即使是局部的。因此句子之间不相连贯，有损于指称对象；单位语符列之间不相连续性又破坏了意义本身。因此，人们只能满足于理解各个词语，读者方面的一切设想、想象和致力于补充关节铰接空缺处这样的通道也就打通了。

指称作用因不确定性而被动摇；指称作用随着不连续性递增就越加成为问题；指称作用最后因彰明昭著的自相矛盾而被置之于死地。兰波特别喜欢修辞上的那种矛盾修饰法（oxymore）。古老火山口"咆哮，旋律优美"，还有"高潮急骤降落，与一定高度的平野相连接，已有神品的半人半马女兽在这里雪崩中自我炼化精进"（《城市Ⅰ》），严刑拷打"对着你笑，就在严刑拷打残酷叫嚣以至沉默无声中"（《焦虑》），天使是属于"火焰与冰的"（《沉醉的上午》），还有一种"时间的永恒的流变"（《战争》）和"百里香的沙漠"（《洪水之后》）。更富有特征的是，兰波有时提出两个完全相异的词语，就好像他不知道采用哪一个好，或认为这样做无关闳旨，无所谓的，如"只有一分钟，或延续整整几个月"（《滑稽表演》），"小车一辆遗弃在低矮的树林里，或沿着小路急驰而下"（《童年Ⅲ》），"泥泞是红红的，或是乌黑的"（《童年Ⅴ》），"在床上或草坪上"(《守夜I》),"现代俱乐部大客厅或古代东方大厅堂"(《演剧》),"在这里,不论在什么地方"(《民主》)。

另一些诗作则是不加掩饰地建立在自相矛盾之上,《故事》一首便是如此。国王杀死了许多女人;那些女人依然活着并没有死。他把他四周的追随者一一处决;这些人却永远留在他身边竟没有消失。牲畜动物、宫阙殿宇和人他都一律摧毁杀灭,"可是人群,殿宇的金顶,美丽的禽兽,依然如故,仍然存在"。后来国王死了,却依旧活着未死。有一天夜里,他遇到一个精灵,这个精灵正是他自己。《童年》中的情况也是一样:死去的童女依然活着,"已经死去的年轻母亲从大石阶上款款走下",已不存在的弟弟依然还在。或者,人可以把生命全部献出,但日复一日,又总是重新开始生存(《沉醉的上午》)。如何建立这些词组表达内容的指称关系?叫嚣的沉默,植物的沙漠,一种不成其为死的死,一种在的不在,又是什么意思呢?

即使了解了词语的涵义,人们也不可能建立这些词语的指称关系:说出的是什么,了解了,但不知何所云。《彩画集》各篇作品遍布这一类像谜一样晦涩难解的词句表达:郊野上竟"有人分成几队吹奏旷古未闻的音乐",但是一个吹奏旷古未闻的音乐的乐队又是什么呢?"未来的夜的华彩中的鬼魂"(《流落》),这又是什么?又,"建筑物主轴"①,"大气氛围

---

① 原文为 l'arbre de bâtisse, arbre 本义为"树"。

系列","地质偶发性"(《守夜Ⅱ》),是怎么一回事?"各种新发现和无可置疑的期限"(《大拍卖》)是指什么?"田野农作物锯齿形脊线"(《演剧》),是什么意思?还有"闷热窒息的气候"①,"严肃认真的存在"(《历史的黄昏》),这又是什么意思?

如前所述人们可以谈论这种不确定性,但总是有这样的感觉:事物确实并没有按其本来名目加以称谓。《彩画集》中明确的隐喻不多见,可以毫不犹豫地加以证实的(尽管对其所引出的对象大可怀疑)有:《洪水之后》中的"上帝的印记",《历史的黄昏》中的"绿草地的羽管风琴",《童年Ⅳ》中的"落日的金黄的洗过衣服的肥皂水",以及其他等等。与此相反,人们接下来就感到要在其中看到某些换喻和提喻②。有不少语句令人想到"部分喻全体"型的提喻。对于对象,兰波仅取其与主体相关或与另一客体相关的可见的一面或局部,指明整体他在所不计。"我从这里走过,唤醒了呼吸律动,湿热有力的喘息……有羽翼无声地飞去"(《黎明》):是谁的呼吸,谁的羽翼?在《野蛮》中看不到有任何人出现,但是"那里还有形式,汗水,长发,美目都在飘浮飞动"。(还有《花卉》中"眼睛和长发"的地毯)。还有《Being Beauteous》中的"美的

---

① 原文为 étuve,本意是蒸汽浴室。
② 修辞上的换喻,或可称为借代。至于提喻,是指以部分喻全体,以材料喻成品,以单数喻复数,反之亦然。

存在"；"面如死灰，肩披鬃毛，水晶的两臂！"还有从这沥青的沙漠上"头盔、车轮、小艇、马匹"溃乱败退（《大都会》），但是所有这一切究竟属于什么性质？守护神，决不指出其本相真形，仅限于点出他的组成成分：他的气息，他无数的头颅，他的行程，他的肉身，他的视线，他的足迹……（《守护神》）

人们可能问在上述这些场合以及其他情况下是否有理由谈及提喻这样的问题。人体已经被分割成碎块，整体已被分解；但是确实有人问我们可否放下局部以求找到全部，像真正的提喻所期许的那样？我要说：《彩画集》的语言在本质上是按字面意义使用的，它并不要求，或者说，不接受按照转义方式加以置换。文本所指定的是一些局部，这些局部在那里并不是用来引喻全部的，宁可说是一些"没有全部的局部"。

对另一类提喻来说，情况也是一样，这类提喻在很多诗作文本中大量出现，即这一类提喻中的一种类型，换言之，就是以抽象和一般性的词语表示特殊的和具体的联想。作为诗人，传统上人们都对之设想为浸润于具体性和感性的，但是兰波有一种公开宣告致力于抽象化的倾向，从第一首诗的第一句开始这种倾向就以自炫的姿态表现出来："关于洪水的观念一经淡薄……"[①]：不是洪水，而是关于洪水的观念淡薄下来了。《彩

---

① 《洪水之后》是《彩画集》的第一首诗，这是其开宗明义第一句。

画集》自始至终兰波偏爱抽象名词甚于其他。他不说"妖怪"或"妖怪似的可怕的活动",而说"任何畸形怪诞都有背于……残忍气度……"①。不说一个孩子在监护、守护,而说"在童年的监护下";同一首诗还谈到"孤独"、"慵倦怠惰"、"机制"(作为名词的 mécanique)、"动力"(作为名词的 dynamique)、"卫生之道"、"灾难"、"道德"、"行为"、"情欲"……(《H》)。海不是由泪形成,而是由"属于炽热之泪的那种永恒"(《童年Ⅱ》)。人们是拿不出佳运的(这已经是很抽象的了),但还是要说"我们的佳运的实体"(《致某一种理》)。甚至用惊叹号给一个文本断句也常常是用独有的抽象名词:"优美,科学,暴力!"(《沉醉的上午》)。在《大拍卖》宣告公开大规模销售活动之中,抽象化占居支配地位:'不成问题的丰足富有","算术的应用和不曾耳闻的和声突变","迁移"和"变动","骚乱"和"无可限制的满足",并且还要出卖"可诅咒的爱情和地狱中群众的正直所不知的"一切:在这里人们叹赏的是使我们与确指对象隔开的那种轮番历数的数量——如果有那样一个确指对象的话。"可诅咒的爱情"是一种人们不知其固有用语的迂回说法,"群众"是一个类属的用语,但也并不是群众对某种事物毫无所知,而是他们的正直

---

① Monstre 本意为妖怪,作为形容词为可怕的、畸形的等等,作为抽象名词 monstruosité,可译为畸形怪诞、极端残酷可怕这种性状。

之所不知。我们不要忘记，这种定性尽管已经是如此细微，却具有一种否定的功能：这就是人们所"不知"的那种东西。难道有谁能够设法表现出群众的正直所不知的那种东西吗？……

或者，我们不妨再看看《守护神》原文，从中可以看到他同样大量运用物质性的"提喻"手法。这里描述的那种无名的存在便是所谓"情爱与现时"：这是一种成问题的并列，而且非常抽象，这是无疑的。"他的特许……我们所有的人都对之感到惊恐惶怖"，这样一个句子与怎样一种行为发生关系，可以相互参照？兰波随心所欲增加中介性用语，这样一些用语把我们从一个词推向另一个词，如"形式与行为的完美，这种完美所有的那种可怕的速度"；人们准备想象行为的速度或形式的完美（兰波从来不说：行动是快速的，形式是完美的），但这"完美的速度"是什么意思呢？这首诗的全部词汇都保持在抽象化的这种高度上：情感、力气、灾祸、仁慈、暴力、无穷、富饶、罪恶、欢乐、资质、永恒、理、度量、爱……《战争》中有一个句子甚至以"各种现象"作为主语。

以非动词性表行为动作的名词取代动词呈系列出现的方式，可以取得同样的效果。《守护神》中不用动词取消（abolir），跪下（s'agenouiller），打碎（briser），排除（dégager），而是这样表示的："绝妙的形蜕（dégagement）……美雅的碎裂毁灭（brisement）"，"古人的匍伏拜倒（agenouillages）"，"痛苦（的）废除（abolition）"。《通俗小夜曲》讲到"屋顶回旋乱转

(pivotement)"和"卸马(détalage)"。鸽子并不是在飞翔,而是"殷红的鸽群环飞①在我思绪中轰轰有如雷鸣"。在《守夜Ⅱ》中,有"和谐的仰视线②相交在一起"这样一句。还有"时间的永恒的流变……把我……到处驱逐追赶"(《战争》)。

抽象词汇大量出现在兰波诗中并不导向某种形而上学主题,如同人们在阅读中对这一类词语一览表可能设想的那样。如果说兰波有着某种哲学,那么,经过一百年的考证诠释,那是可得而知的。但是,一般类属的或抽象的词语所产生的效果,和整体中的部分表现出来不具备可指称的整体,所取得的效果并无二致。因此,我们终究应该注意到问题并不在提喻的作用上,而应当认真如实地看待所涉及的那些局部或属性性质;总之,再现人们所讲到的事物是根本不可能的,人们只能理解向人们陈述出来的种种表语③。畸形怪诞,这又如何去表现?还有童年?实体?"现象"?或完美的速度,又如何去想象?

这就是久久以来向兰波的注释家们提出的许多重大问题之一:对于每一个别原作文本,即使是理解了组成文本的每个词句的意义,也仍然还是极难弄懂这些词句所描述的那个存在从准确性上说究竟是什么。《故事》中的国王是何许人,是魏尔

---

① 按:中文"环飞"在此作名词用。
② 仰视线,原文 élévation 还可作升举,上升等解释。
③ 即种种有关的属性、标志、象征。

伦，还是兰波①？《滑稽表演》讲的是什么，讲的是军人，教士，还是卖艺人？《古意》中的人物，是一个半人半马怪，一个人身羊足生角的牧神，还是一个生有羊角羊蹄半人半兽的森林之神？"美的存在"（《Being Beauteous》），是什么？《致某一种理》中的那个理是柏拉图式的逻各斯，还是炼金术士的逻各斯？《沉醉的上午》讲的是吸大麻还是同性恋？《焦虑》中的"她"，是谁？是"女人"，"童贞女圣母"，"女巫"，吸血女鬼——基督教，还就是焦虑本身？《Fairy》中的海伦又是谁，是"女人"，"诗"，或者是兰波？《H》提出的隐谜，谜底是什么，是娼妓，手淫，还是鸡奸②？最后，守护神是谁？基督，新的社会之爱，兰波本人？至于安托万·阿达姆，他几乎处处进行考证得出的说是指某些亚洲的舞姬，这完全是由查阅书本枯燥乏味思想贫乏产生出来的奇思妙想③。

即或将埃维迈尔批评派的妄想暂时保留下来，如此大量的问题仍然是令人困惑不安的。人们可能提出承认问题存在是不是比急于寻求问题的解答更为重要。更何况在许多问题的细节之中甚至在整个文本之中兰波并不鼓励我们由表语转向本体。

---

① 安托万·阿达姆认为国王是指兰波。
② 伊夫·德尼斯（Yve Denis）在一九六五年发表文章，即持此种看法，以上所提各问题均属注释家对有关诗作所作的解释。
③ 按：安托万·阿达姆考证出《守护神》一诗与十九世纪光明派教义（illuminisme）政治、社会哲学有关，并查出米什莱《论女人》一书有关世界统一以爱为本的说法，将其中字句与兰波这首诗加以对照，以求证实其中涵义。

整体性在他是不存在的，企图不惜一切以求其全恐怕是错误的。像《滑稽表演》这样的作品以这样的句子收尾："荒蛮野蛮的表演，其中的诀窍，只有我知道"①，人们实在没有必要非找出只有兰波掌握在手秘而不宣的那个意义加以确定不可，也没有必要肯定有那么一个人的存在，对之加以实证足以使全文一下通明透彻。"其中的诀窍"也可能是指用以阅读文本的方法。一点也不错，不必追问他讲的是什么，因为并没有讲到有关的什么事情。有许多作品的标题，人们一直理解为表述指称——本体的名词，但也可以看作是限定修饰语调、风格、文本本身的性质的形容词：《野蛮》一篇不就是这样一个题目吗？不就是这类野蛮样式中的一种演习吗？《神秘》、《古意》、《大都会》、《Fairy》（即仙境之意）②，不也同样是如此？

当不确定性，不连贯性，本体的分割和抽象化四个方面联结在一起的时候，造成的结果是对这许多词句人们只想说不知所云，不仅不知道它们讲的是什么，而且也不知道它们究竟企图讲什么。《青春Ⅱ》中的一个从句是"尽许出自发明与成功的双重结局，凭借不具形象的万物，作为友爱与审慎的人道，——仅仅只是一个季节"；《Fairy》中有一个句子说："夏日的炎热赋予喑哑的飞鸟，慵倦怠惰需要凭借死去的爱情

---

① 安托万·阿达姆即认为《滑稽表演》中有猥亵描写。
② 以上提到各篇标题，Fairy 包括在内，在原文同时也是形容词。

彩画集 | 213

和芳香下沉的小海湾上航行的悲悼的小舟，这是无价之宝。"上述词句中的用词都是熟知的，这些单词组成的单位语符列取两列两列形式，也是可以理解的——但是越出一步，就属于不确定性支配的范围了。几个词形成的一个个小孤岛其间确实互不联系，因为缺少明显的句法结构加以贯穿。当这样一个句子在文本结尾处出现，就仿佛一种追溯性的晦暗不明把文本前面部分投上了阴影，如"我们的欲念，缺少的是艰深精妙的音乐"（《故事》），又如给《虔敬之心》封口的那一句"但是现在一切都完了"。

这种印象在句法与法国语言句法相左或者干脆完全不同的时候尤为突出。"血肉狼藉滚上一滚"（《焦虑》），这是什么意思？或"色相在空气中处处遇合交会"（《出行》），是什么意思？"这个世界，你们的财富，也是你们的危险"（《青春Ⅱ》），这一段话又如何解释？谁能对《城》的最后一句绘出句法组织的"图式"："还有，我只见窗外不散的浓烟中鬼魂颠踬翻滚，——我们的森林的绿荫，我们的夏夜！——这里事事物物一模一样没有区分，所以我的小农舍，是我仅有的家园，是我心之所寄，就在屋前，只有新厄里倪厄斯麇集！——没有哭泣的'死'，是我们热心的女儿和婢女，还有一位绝望的'爱'和一位美丽的'罪恶'，正在小巷泥泞中嘤嘤啼泣"[①]？

[①] 中译文已按照某种理解对原作文本略加语法与逻辑的排列。

人们一向企图想象兰波的文本之中存在有某类模式以求有可能或者通过句法转换或者通过词汇转换将文本纳入规范。为此人们就想加上种种逗号，或者，类似《Fairy》中一句从中略去几个单词："樵女吟唱，樵女总是在树林遗迹下湍流喧声中，在畜群铃声谷中回应交响下，在草原上呼唤声传来，在这样的时刻吟唱之后。"①在《人生I》中有一句是："江河上白银似的时刻，阳光灿烂的时刻，田野（campagne）之手扶着我的肩，还有辛香气息吹拂的平原，我们伫立爱抚的情景，一直在我心头萦绕不曾遗忘"，难道把"田野"读作"女伴"（compagne）诗句立即就不能明白可解？

对于指称的否定与对于意义的破坏，形式各有不同，彼此还可以互相转换，不过前者与后者两相分开的距离是很大的。有所指称显而易见，可是人们却说它并不存在，由此转移到一些不确定的对象上，这些不确定的对象彼此各自孤立竟至显得好像是非实有的；确指同时并列，因此变成了不可表示的了，由"他死了，他活着"或"他在，他又不在"这样的情形，这就导致这样一种分解和抽象，这种情形不允许我们与整体和统

---

① 上引中译文断句、语法组织与原文略有出入难以避免。原文无动词（逗号有二）。托多罗夫此处所说加上逗号和略去某些单词系指安托万·阿达姆人为这一节诗不可解，在 Après le moment（在……时刻之后）两个单词间加一逗号，略好一些，甚至删去上述两词亦未尝不可，但仍无助于理解。又下文，阿达姆从兰波手稿上按手写字体判定"女伴"应为"田野"，其中仅一个字母（a-o）之差，但在以前的版本中一般均读为"女伴"。

一的存在相联系，因此也就禁绝表现；一直到这些不合语法和隐谜一样的语句出现，对此人们将不仅是"在我们目前所能了解的程度上"而是从根本上就不可能知道其指称对象以及其意义。

这就是为什么在我看来这些批评家徘徊于歧途的原因，尽管他们怀有良好愿望，以重建《彩画集》的意义为己任，用心可佳。如果可能将这些作品的文本归之于某种哲学性启示或某种内容或形式方面的特种形态，那么他们得到的反响也不可能比其他任何文本要多一些，甚至反而会更少。所以没有一部独特作品堪与《彩画集》相比更可以决定现代文学的历史。这是一种自相矛盾的现象，注释家一心向往建立这些文本的意义，偏偏又把意义从中剥夺——因为文本的意义，逆转的悖论，正在于绝无意义。兰波给文学法规树立了一些无所言的文本，人们不知它的意义——正是这一点给予这些文本一种极大的历史性的意义。期求发现这些文本之所欲言，那就是精心剥出它们的基本信息，也就是对于证实指称对象、理解意义的不可能性加以确认。那就是方法，而不是内容——或者不如说，内容形成的方法。兰波发现了这种存在于其自主性功能（反功能）中的语言，这种语言不受表现和描绘性的束缚，在这种语言中，入门要诀实际上就在不屈服于字词。他找到，也就是说他发明了一种言语，并且继荷尔德林之后，给二十世纪的诗遗留下一种神经分裂症式话语作为模式。

兰波的诗句，我用来作为本文的题辞，我就是这样理解的：在他的智慧之中，我们所看到的只有混沌。但是，诗人事先就可告慰的是：我们称作他的虚无的毕竟决不可以与困惑相提并论，他总归是要把我们，他的读者，投入这种困惑之中的。

[本文作者附记] 我引用的 A. Py 编定本的文本(法国文学原作文本，日内瓦与巴黎，一九六九年)。苏珊·贝尔纳在她编定的兰波版本(巴黎，一九六〇年)中的注释是可珍视的材料来源。让-路易·博德里的研究之作《兰波原作文本》(《如实》一九六八年第三十五期与一九六九年第三十六期)所取观点部分地与我之所见相似。

阿尔蒂尔·兰波年表

一八五四年　让-尼古拉-阿尔蒂尔·兰波(Jean-Nicolas-Arthur Rimbaud)一八五四年十月十日出生于法国东北部近比利时的小城夏尔维尔(阿登省)。

父亲：弗雷德里克·兰波(生于一八一四年)，军人，常年服役军中。

母亲：维塔莉·居伊夫(生于一八二五年)，阿登省武齐埃区一个小农家庭的女儿。

哥哥：弗雷德里克(生于一八五三年)。

妹妹：维塔莉(生于一八五八年)。

妹妹：伊莎贝尔(生于一八六〇年)。

一八六二—一八六三年　阿尔蒂尔·兰波入罗沙学校。

一八六五年　兰波入夏尔维尔市立中学。十岁时表现出早熟，即以写作卓越引人注目。

一八六八年　兰波曾秘密写过一封拉丁文诗体书简献给帝国王储，趁领圣体时机。

一八六九年　升入修辞班。这一年，兰波多篇拉丁文诗作在《中学导报》(le Moniteur de l'enseignement secondaire)上登出。

一八七〇年　修辞班由新来的教师乔治·伊藏巴尔仁教,伊藏巴尔有进步观念。兰波写的拉丁文诗令老师大为惊奇。他与兰波建立深厚的友谊,兰波在思想上、文学上受到他的影响。一月,兰波十五岁写的法文诗《孤儿的新年礼物》在《大众》杂志上发表。五月二十四日,兰波把三首诗《感觉》、《我菲丽娅》、《一致的信条》寄给诗人邦维尔希望在《当代巴纳斯》上发表。七月十九日,普法战争爆发。八月十三日,《三个吻》在《职责》(la charge)上发表。八月二十九日,兰波第一次出走,要去巴黎看看第二帝国的垮台,途经比利时的沙勒罗瓦抵巴黎,由于超程乘车,未买车票,被巴黎火车站扣留,关进马扎监狱。九月四日,巴黎爆发革命,第二帝国崩落,宣布成立共和国。兰波经伊藏巴尔解救,方得以出狱。九月二十六日,兰波与伊藏巴尔和德韦里埃尔一起返回夏尔维尔。十月七日,兰波第二次出走,步行途经布鲁塞尔,到达杜埃。他誊清了这一年的诗作二十二首,题名《杜埃手记》(Cahiers de Douai)。十一月初,返回夏尔维尔,学校已经关闭。兰波只能经常出入市立图书馆。

一八七一年　一月,普法战争,夏尔维尔—梅济埃尔被德军占领。二月二十五日兰波又一次出走去巴黎，三月十日返回夏尔维尔。三月十八日巴黎公社起义。四月十九日兰波身无分文去巴黎，正值巴黎公社街垒战。五月离开巴黎，五月十三日回到夏尔维尔。五月十三日、十五日，兰波写了两封《通灵者书信》分别寄给伊藏巴尔和友人德莫尼，陈述有关诗的新观念。五月二十一日至二十八日，巴黎"流血一周"。六月十日寄给德莫尼一封信，附有诗三首：《七岁的诗人》、《教堂里的穷人》、《小丑之心》，同时要求他的朋友烧毁他的《杜埃手记》二十二首诗。八月十五日，寄给邦维尔《与诗人谈花》。九月与**魏尔伦**通信，给他寄去几首新诗，其中有著名的十四行诗《母音》，**魏尔伦**读后大为欣赏。九月十日，**魏尔伦**召兰波去巴黎，住在**魏尔伦**的岳父莫泰家。兰波带去的杰作《醉舟》一诗，技艺精湛，意象新颖，得到**魏尔伦**和他圈子里的诗人们的赞赏。十月至十一月，在巴黎到处流浪，不时引起人们纷纷议论。十二月，一次偶然机会参加了一次"怪人每月聚餐会"。

一八七二年　一月，**魏尔伦**在康帕涅—普雷米埃尔街给兰波租了一间房间。两人的密切关系造成**魏尔伦**夫妻不和。二月末，兰波被迫返回夏尔维尔。五月兰波又来巴黎。这一个月兰波写了《泪》、《卡西斯河》、《焦渴的喜剧》、《晨思》、《五月的旗帜》、《高塔之歌》、《永恒》。六月，写了《金色年华》、《新婚夫妇》。七月七日，魏尔伦与兰波离开巴黎出走，到布鲁塞尔。七月兰波写了《鸡冠花花坛》、《她是舞女吗？》。八月，写了《饥饿的节日》。九月七日，魏尔伦与兰波去伦敦，自比利时奥斯坦德乘船去英国的多佛尔转。九月十四日，《文学与艺术》杂志发表了兰波的《群鸦》。十二月兰波返回夏尔维尔。

一八七三年　一月，魏尔伦患病，让兰波去伦敦。二月兰波又前往伦敦，与魏尔伦住在一起。三月二十五日兰波拿到了大英博物馆的阅览证。四月四日二人又动身回法国，从多佛尔乘船至奥斯坦德转，兰波又返回家乡邻近武齐埃的罗什。五月二十四日兰波与魏尔伦在比利时的布永相聚，再次穿越比利时去英国。五月二十七日到达伦敦，在伦敦以教授法文为生。他们二人时有争吵。五月里兰波在给德拉阿伊的信中说他正在写一部《异教之书》或《黑人之书》，是由一些"残酷的故事"组成的，在信中，他暗示了一些魏尔伦纠缠他的"散文片断"。七月三日，二人之间发生了一次争吵，魏尔伦一人乘船回布鲁塞尔。七月八日，兰波亦到布鲁塞尔与魏尔伦相会。七月十二人发生争吵，魏尔伦用左轮手枪击伤兰波手腕，兰波住进布鲁塞尔圣约翰医院治疗。打了一场官司，搞出一场司法诉讼案件，后兰波撤回起诉。七月二十日兰波返回罗什。八月八日魏尔伦被判处两年监禁。这年夏天，兰波完成了散文诗集《地狱一季》。十月在布鲁塞尔自费出版《地狱一季》，共印成五百册，是兰波惟一一本自己手订的诗作。据说十一月兰波还曾在巴黎出现。据德拉阿伊说，一八七三年年底兰波与热尔曼·努沃相遇。

一八七四年 三月，与热尔曼·努沃一起去伦敦。七月兰波离开伦敦，去向不明。七月六日兰波母亲和妹妹维塔莉到伦敦。据说兰波一八七三年后在故乡夏尔维尔曾结识路易·莱特朗热，后者教他学钢琴。十一月七日、十一月九日，兰波让人在《时代》上登了几则启事。十二月二十九日，返回夏尔维尔。这一年（大约在三月至六月），兰波在热尔曼·努沃的帮助下重抄了（《彩画集》）部分散文诗。

一八七五年 二月至四月，兰波去德国斯图加特，后魏尔伦也到此，与兰波最后一次会面。五月兰波在意大利旅行，经瑞士、阿尔卑斯群山到意大利米兰，曾到意大利中部，后因患日射病，六月，里窝那法国领事馆将他遣送回马赛。七月在巴黎逗留，与母亲和两个妹妹重聚。十二月十八日，妹妹维塔莉去世。

一八七六年　四月，去维也纳，奥地利警方将他驱逐出境，兰波徒步从德国南方回到法国。五月去布鲁塞尔，荷兰外籍军团正在此招兵。六月随荷兰外籍军团乘船去巴达维亚（今印度尼西亚首都雅加达旧称），进入内地。八月十五日兰波开小差，上了一艘苏格兰船当水手。十二月抵达北爱尔兰上岸，回到巴黎再转夏尔维尔。

一八七七年　五月，去德国不来梅，曾向美国领事馆提出申请加入美国海军。六月曾去瑞典斯德哥尔摩。八月曾去丹麦哥本哈根。九月去马赛乘船往意大利契维塔韦基亚，罗马。

一八七八年　年初去汉堡，瑞士，也曾去巴黎。在罗什度夏。十月远行，经孚日山脉，越过瑞士圣哥达祥山，卢加诺，在米兰乘火车抵热那亚。十一月自热那亚乘船去埃及亚历山大，不久转塞浦路斯。十二月在塞浦路斯被欧内斯特·让和小蒂阿尔合办的商行雇佣，在一个采石场任工头。

一八七九年　五月，因病回法国。在罗什过夏天。

一八八〇年　三月，又去塞浦路斯，在一处高山工地任工头。感觉体温不好。七月二十日兰波提出辞呈，动身去亚历山大，辗转去亚丁。八月七日到达亚丁，被玛泽朗、维阿内、巴尔代和西耶合办的经营皮货和咖啡的商行雇用。十一月二日被派到今埃塞俄比亚的哈拉尔

彩画集 | 223

分号工作。十二月十三日抵达哈拉尔。

一八八一年　十二月，兰波离开哈拉尔。

一八八二年　又返回哈拉尔。

一八八三年　曾在埃塞俄比亚的欧加登地区探险旅行。十二月十三日，投寄一份关于欧加登的调查报告给《地理学会》，后由《地理学会》发表。

一八八四年　玛泽朗商号倒闭，巴尔代将其收回，兰波签了新的合同。

一八八五年　十月，与巴尔代解除合同，签约与皮埃尔·拉巴蒂合伙，为绍阿（今埃塞俄比亚）国王曼涅里克组建一个沙漠商队，贩卖军火。

一八八六年　在吉布提塔朱腊受阻逗留，拉巴蒂病故，居·卡恩主编的杂志《时式》上发表了《彩画集》，后又由《时式》出版单行本，保罗·魏尔伦撰写了出版说明。可是兰波对此却全不与闻。

一八八七年　在不利条件下，兰波被迫出卖他的物资装备。在开罗逗留。

一八八八年　种种新的尝试失败之后，兰波不得不与军火商们断绝来往。返回哈拉尔，做一点进出口贸易。

一八八九——一八九〇年　受聘于亚丁蒂昂商行，经营哈拉尔代理商号的业务。

一八九一年　二月，兰波右膝肿痛异常。四月回亚丁。五月回马赛，入圣母无玷始胎医院，五月做手术，但为时已晚，锯去右腿。七月出院，乘火车回到罗什。八月由妹妹伊莎贝尔陪侍又去马赛医院，经诊断肿瘤扩散，已告不治。十月右臂已动不了了，左腿冰冷，后左臂也瘫痪不能动。延至十一月十日上午病逝。享年三十七岁。留下诗篇六十余首，散文诗专集《地狱一季》和《彩画集》两种，以及大量零散诗作、书信等。

一八九五年　瓦尼埃出版社出版《兰波诗歌全集》，保罗·魏尔伦作序。

一九三九年　法兰西水星出版社出版布伊阿纳·德·拉科斯特评注本《兰波诗集》。

一九四一年　法兰西水星出版社出版布伊阿纳·德·拉科斯特评注本《地狱一季》。

一九四六年　七星丛书版罗朗·德·勒内维尔与于勒·穆凯（Rolland de Renéville et Jules Mouquet）编定本《兰波全集》出版。

一九四九年　法兰西水星出版社出版布伊阿纳·德·拉科斯特评注本《彩画集》。

一九五七年　善本书社版保罗·哈特曼修订本《兰波文集》出版。

一九六七年　日内瓦德罗兹书店（Genève, Droz）出版 A. Py 编定本《彩画集》。

一九七二年　七星丛书版安托万·阿达姆编定本《兰波全集》出版。

一九七五年　日内瓦德罗兹书店出版《通灵者书信》(Lettres du Voyant)诠释本，热拉尔·舍费尔(Gérald Schaeffer)编注。

一九七八年　巴黎尼泽出版社(Paris, Nizet)出版马塞尔·吕弗编定本《兰波诗集》。

一九七九年　日内瓦斯拉特基纳书店(Genève, Slatkine)将《地狱一季》和《彩画集》按初版本编排再行出版。

一九八一年　巴黎加尼埃出版社(Paris, Garnier)出版苏珊·贝尔纳(Suzanne Bernard)编定本《兰波文集》。

我所认识的王道乾

(代后记)

熊秉明

一

我和道乾的交往是有些奇怪的。简单地说，就是从熟悉接近到陌生而不解。最后他又有转变，似乎我又可以懂得他了，然而他已到了生命的尾声。我们没有再见面，也没有再通信。我究竟懂得他呢，不懂他呢？很难说。我们有五十年的交情，但是真正接触的日子只有两年。现在执笔忆往事，记故友，不得不留下许多空白。但是这两年间，从一九四七年后半到一九五○年前半，无论从大历史说，从我们那一代人的个人历史说，都是发展的大转折点，我将把他的遗稿、旧信抄录若干，如此可以较客观地反映我们青年时代的面貌和转折的线索。我们的同代人在今天都属于老人了，读到这些旧信，也许能感到真切而有会心的微笑吧。同时大概也会感到深隐的痛楚。

二

我们相识是在一九四七年。

那一年夏天,战后全国在九大城市统考取录的三百名公费生即将出国,分别到欧美许多国家留学,行前在南京集训。学自然科学的、学社会科学的、哲学、文学、艺术、音乐的都有,大家有机会聚集在一起,纷纷作初步的接触和结识。有的是老友重逢,相互庆贺,显出激动和欢悦。大多数人的年纪在二十五岁至三十五岁之间,各具不同的器宇、才华、抱负、性格,一群所谓少壮菁英者,济济一堂,形成一片活泼撞击的高温气氛。

在赴法的四十名同学中,有一位特别引起我的注意。他的面貌像一幅油画肖像,画中色调低暗,氛围浓郁,两眼很黑,眼光和平而诚挚,静静地停滞在难测的遐思中,很接近草食动物的神情。头发眉睫也很黑、很浓、很密。动作缓慢,说话的声调有些低哑。笑的时候,无论从面肌的表情说,从声带的振荡说,都不是一种轻松爽朗的笑,似乎有些吃力,笑意来得很遥远。在扰扰攘攘中,他好像比别人慢半拍,低半音,居住在另一个坐标系,他在画中,从画的那边看过来,似一个局外人。而外边的一切,摄入画内,好像受到细细反刍,滋味都被嚼出来,甜的更甜,苦涩的更苦涩。小提琴拉出来,带有大提琴的音色。

我被这奇异的另一坐标所吸引,不禁走过去和他攀谈。

"我学法国文学。"他缓慢而低沉地说。

我暗想果然不错,他那里有文学和诗的矿藏。奇怪的是他尚未到巴黎,却已染上世界艺术之都的情调,或者应该说他原有这情调,只合到巴黎这样的城市去。在科学家、工程师、法学家之间,他显然属于另一种类族。

第一次见面,几句交谈,我们就熟识了。他是王道乾。

三

我们同船从上海到香港,在香港登上"苏格兰皇后号"西行。这是一艘两万六千吨的邮船,在战争期间因为担任运输军队的工作,船身涂了隐蔽的灰漆,尚未改回来,看起来很不起眼。内部的布置则仍然豪华。从香港到利物浦航行了整整三十天,对我们说是一段相当长的假日。每天凭栏对着海天,或者坐在帏幔长垂的大厅里漫谈。船上有酒吧,可以购买酒类和糖点。道乾买了一大瓶威士忌,我买了一盒巧克力。两人都买了烟斗和烟丝,他很能饮,也很能抽烟。抽起来很沉醉,喷吐很浓的烟穿插于谈话的进行。

船过孟买时,英国驻军正从印度撤退,上船来一批官兵和他们的家属,家属中有一个十六七岁的丰采极其动人的少女。

我曾鼓了勇气前去请为她画一幅素描。谈话后，知道她是爱尔兰人，父亲是上校。这事在我们的海上生活中引起一定的波动，成为后半海程的主要话题之一。

和道乾谈话不一定是顺畅的，他的特长不在理性的分析，而是一种诗人的直觉的独创性。听他讲话，往往抓不住清楚的思路，但是被他独特的见地、说法、描述、比喻所惊异，所吸引。例如他忽然冒出一句："本来一点神话就够了。"这句话起的是中断对话的作用。在他的一边，这句话浓缩了许许多多思想；在听者的一边，不免一愣，只能在沉默中消化这句话的蕴含。

因此后来他在一封信里这样说："你总以为我是一个不正常的怪异的人。你并非不愿不时接近我，但你一接近我，你就提醒自己：这是同一妖异散步。这种慎重与谦爱时常扰乱我，但经常又是一种友爱的妩媚。"

四

道乾给我读他的诗作，如今在旧纸中只能寻到一首，但很能代表他的诗风。他回国后的几十年中大概没有写过诗，至于出国前发表的是否还找得到，很成问题，那么这可能是他创作的惟一的残篇了。

我飞入清凉的原因里

并不引来结果；明澈的一条线

永不重复不修改，绝对精敏机智的线

在数目中在昨天昏乱的理性中升至无限；

惊扰我，你这秩序，伪秩序，

毒我，希望毒我，我的肉体，我的知识；

最后一朵花，最后一次试验；神秘的结婚。

森茫古代，湮远的知，最初绝对的思想，

 在我肉内动摇，

风在肉缝里吹，吹，吹，吹，吹，预知的风次，

吹，吹，吹……

抄完这一段，我觉得还是应该把全首录下来。前面的一段是这样的：

深夜车子在街上驰过，
这是运走我的信号。
手伸出枯萎，碎成灰粉，
瘫在面孔上、一本书上，
一片杂沓荒唐的理智上；
耳下涌起水波汹涌之声，
地狱在我心里，人群惊慌，

集聚在庙前，世界大改变；
永远渴；这城是黑夜性格的陈述，
城在灯下聋而愚沉入湿凉树荫，
房屋是滞重的做物，房屋；
饱食及沉睡的宗教，政治希望与教育；

我以为他不止是一个很好的诗人，而且是一个真正的诗人；即使他不写诗，即使我不完全懂他的诗，他的低半音，慢一拍的特性正是由于诗的缘故。他追求那一条绝对精敏机智的线，我能感觉得到，而且珍惜。

五

一九四七年十月初我们经过伦敦，渡海峡，到了巴黎。卢森堡公园的林木已错杂地呈显秋色，战争结束已两年，食品供应仍很差，什么都得凭邮票样的粮票去购买。大学城食堂的饭，不能让我们吃饱。我还记得可笑的是刚到巴黎的晚间，我们便兴致勃勃地去坐咖啡馆了。等咖啡端来，才知道市场上根本还没有咖啡一物。那杯子里的只是一种代用品制成的黑色苦汁。至于糖，也没有，以一种酱色的似甜似酸的水代替。不过巴黎的艺术生活已经很活跃，张贴街头的展览会、音乐会、戏剧、歌剧……的广告使我们眼花缭乱，学音乐的同学们更是忙得团团转。

道乾偏被分配到里昂大学,很为沮丧。在里昂住得很不快活,甚至病了一场,住了十天医院。来信说:"我很想去巴黎,根本决定去……我决定复活节前后就去,不管他们准不准。"他埋怨"里昂的雾、雾。我逐渐不大懂阳光。"又说"里昂人如封闭的瓶"。

一九四八年三月底他转学到巴黎,住在大学城外雀馆。我住比利时馆,相距约十分钟步行,常能见面。常在一起的还有学哲学的顾寿观君。寿观是我在西南联大哲学系的同班同学。

那时供应已逐渐改善。他喜欢煮咖啡夜读,抽着烟斗,读切尔克迦、卡夫卡、兰波。在留学生中,他显得最欠法匡化,他常引兰波的句子:"绝对必须属于现代。"

在从里昂给我的一封信中,他曾给自己作了一段描写,可算他当时的自画像:

"唉,我,天生用感觉多于理智,我为一种新的要求,我只把我做成一个精敏的兽,静静地卧在世界最后的夕暮,像一架具有真空管及锐敏线圈的兽,感觉宇宙的存在,咀嚼那个时升脱时低沉,以及社会生活各种感应的ego,呵,我的好心扬的朋友,这就是我的全部。我的畏却的生活,我的无时不在加意隐蔽的内在,这就是我,我今日泄露于你,作为你的最好友情的顶礼!"(一九四八年二月二十六日)

六

一九四八、一九四九，国内局势在剧急变化中，那边的巨变在每一个国外留学生的心中也带动了变化。我们一群人离开祖国时，本来就抱了献身建设强大繁荣的祖国的愿望，人民共和国成立，在我们是一个新世界的诞生，一切都有了可能，在一个起点上。那是一片崭新的土地，扫荡了一切陈旧与腐朽的处女地，工人在上面塑造钢筋水泥，农人在上面开垦播种，科学家在设计，艺术家将放情歌唱。

一九四九年十月九日巴黎的学生，华工组织，一部分使馆人员共同举行了庆祝会。留法公费为期原定是两年，所以一部分同学已经结业，大家归心如箭。归，不只是回到母土，祖国，而且是皈依一个理想，参预一个大工程。就在十月间，学业结束的，或自己认为可以告一段落的，都纷纷南下，到马赛乘船东行了。

我是到法国一年之后才开始学雕刻的，自知这样初级水平的技术不能回去做什么，但是也有朋友提出相反的意见：在欧洲多学一天西方艺术，则多中一分资本主义毒素。但是我还是留下了，学哲学的寿观，学文学的道乾回去了。他们都认为要认真在西方学习非十年、二十年不可，而目前的世界情势，国家情势，个人情势都催促我们回去。

在心理上他们都做了准备。那一段日子我们的谈话集中在艺术道路、生命的道路的问题上，辩论有时非常激烈，往往谈到深夜，乃至彻夜。他们认为我不与他们同行，乃是缺乏果断，缺乏明智，也缺热情。而在我看来，他们的行动是果断的，也是热情的，但所持的言论往往已不明智。寿观说：只有农人的劳作才有价值。道乾说：生活根本不需要艺术。

我想，在这里，最好择录他当时的一封信：

> 生活与艺术绝对不能相连。按时代说，在此时代中不能相连；按个人说，我们这代人或我们个人这个生命阶段，生命与艺术只是一种滑稽关系，如果不想盲目或谎骗，一个选择：生活？艺术？依照自然律，选生活无疑是最自然、最善、最美好有益之事。
>
> 艺术之所以能有最高境界，我以为，乃在于脱离现实生活，将生活提高到一个价值的最高地带。或可以说，将艺术变成形而上学，一切皆引向对生命的否定。
>
> 对生命肯定有二法：（一）就是那么不明白又明白的活，若极高明而道中庸。（二）活，如人之活。前者要求知识，后者要求善良与沉迷。前者例如好的知识分子，后者如同农夫，好的铁匠，所谓地之子，诸如此类。
>
> 我希望我做一个查票员甚于希望做一个"我"。
>
> 我对我过去并不懊悔，我只是一笔抹杀，我想清明地

哭泣我的过去。

　　生活只有两种：真生活与假生活，假如你能原谅我的专断，我可以给你归纳成一公式：艺术是假生活。真生活呢？我粗略地说，字面的，可不使你有机会攻击的！"没有艺术是真生活。"（1949.3.12）

接着第二天他又写了一封长信，其中有这样一段：

　　我宣布：我之舍弃艺术完全是我成功的表示。
　　艺术工作是：将大量生命堆上一张画布，堆入乐器，堆入文字，然后尽量消除，尽量消除，直到只留下生命的反面：死！我喜爱此字样像喜爱宇宙一样。（1949.3.13）

当时我们都住在大学城，其实不必用书信对话。这几封信证明我们曾对去留问题作严肃的思考，把个人的存在作残酷的剖析、检验和拷问。幸而有这几封信存下，保留了我们苦思的些微痕迹。

　　一九四九年十月二十三日我到里昂车站送行，和他们分手。

　　他们为我忧虑；我也为他们忧虑。我当然并未预料到后来发生的反右、文化大革命等等灾难。我只是看到道乾在狠狠地改造自己，要从诗人的气质中蜕化出来；他要否定艺术，否定诗，否定自己是诗人，这是可能的么？他十分痛苦，而他认为将得到真生活。

七

他回去后，没有再来信，我们之间断绝消息约二十年。文革之后，他托人带来一个小酒壶。壶里放着一片小纸条，写着"秉明兄留念"。如此的措词令我吃惊，而细看笔迹更令我不安。过去我很欣赏他的字，像一粒一粒葡萄干，浓缩得精致有味。这纸条上的字是散掉的，失去甘香的。

我间接听说他在上海外国文学研究所，主编杂志，搞文学理论，入了党，此外便无所知了。

一九八二年他来过一短信，这样开始的："你去年此时给我写来的信，原谅我到现在才提笔回信，迟了一年之久。年老多病是原因之一。"问到我的工作。关于他自己，只是说："我的情况想秀清同志已告诉你了，这里就不多说了。"那样深沉而内向的性格竟然把自己的情况交给第三者去说，实在是奇怪的。他既然不愿多说，我也就没有多问了。

一九八五年我和巴黎东方语言文化学院院长拉巴斯迪德先生到上海和上海外语学院签订交流活动。接待部门安排我和道乾见面。我很记得在一间客厅里等他时的迫切心情。然而我们一见面，似乎一切都敷上一层霜。他的面孔上浮起吃力的笑，仍是那一种吃力而并不爽朗轻松的笑,但是终究有了不同。过去的笑是从心灵深处绽现的,遥远而神秘。而那一天我看见的笑疲倦而冷淡。我们就以这冷漠的基调出发说了些无关紧要的客套话,自己也感到别扭。第二天我离开上海,我想我们成为陌生人了。

八

一九九三年三月间叶汝琏先生给我寄来一份讣告:道乾于一月九日在上海病故,讣告除了"中国外文学会理事"之类衔头外,称他为"著名翻译家、文学理论家",我于是知道他曾辛勤地工作过,但是我还想说,他奉献了一切可奉献的了,如他所说:"我希望我做一个查票员甚于希望做一个'我'。"但是在今天看来,这样一种查票员式的忠于职守,怕并非最好的工作心态。然而已经太迟了。四十多年前我们彻夜辩论的情景又浮现出来,使我黯然。

又过数月,道乾的爱人给我寄来几篇纪念文字,一篇是《追记王道乾先生》(安迪),文中写道:"先生翻译兰波的散文诗,只是重检几十年前的旧梦……人的一生,常常身不由己,喜爱的东西不得不舍弃,而随着时代的车轮别无选择地滚动。"又有"找出先生送我的那一本《地狱一季》,再次认真地读了一遍,我惊叹于先生驾驭文字的能力。"

道乾又回到兰波，我怎能不激动？道乾又寻回他曾坚决要抹杀而遗弃的"我"，我怎能不俯仰叹息？我好像又看见他青年时代的神态、目光、声调。虽然是译别人的作品，却掺进自己心灵的声音。《地狱一季》！我分明看见诗人的灵魂在灰烬中又跳起天鹅最后的舞。

一九九四年一月

图书在版编目(CIP)数据

彩画集:兰波散文诗全集/(法)兰波
(Rimbaud, A.)著;王道乾译.—上海:上海译文出版
社,2012.6(2024.7重印)
(译文经典)
书名原文:Une Saison en enfer, Illuminations
ISBN 978-7-5327-5766-4

Ⅰ.彩… Ⅱ.①兰…②王… Ⅲ.散文诗-诗集
-法国-现代 Ⅳ.I565.25

中国版本图书馆 CIP 数据核字(2012)第 035089 号

Arthur Rimbaud
Une Saison en enfer
Illuminations

彩画集——兰波散文诗全集

〔法〕兰波 著 王道乾 译
责任编辑/冯 涛 装帧设计/张志全工作室

上海译文出版社有限公司出版、发行
网址:www.yiwen.com.cn
201101 上海市闵行区号景路159弄B座
山东韵杰文化科技有限公司印刷

开本787×1092 1/32 印张8.25 插页5 字数95,000
2012年6月第1版 2024年7月第18次印刷
印数:53,001—58,000册

ISBN 978-7-5327-5766-4/I·3412
定价:36.00元

本书中文简体字专有出版权归本社独家所有,非经本社同意不得转载、摘编或复制
如有质量问题,请与承印厂联系调换。 T:0533-8510898